結界師の一輪華 4

クレハ

角川文庫
24038

目次

プロローグ

日本を支える柱石を守る五つの家の一つ、一《いち》ノ宮《みや》。

そんな一ノ宮の管轄内に術者協会本部がある。

協会本部にテロリスト集団『彼《ひ》岸《がん》の髑《ど》髏《くろ》』が侵入し、危険な呪《じゅ》具《ぐ》を持ち去ったことは記憶に新しい。

協会のセキュリティは非常に厳しく、それ故に術者達の衝撃も大きかった。

しかし、呪具は無事に取り返され、元あった場所へ戻された。

ボスを含めた彼岸の髑髏の一味も捕らえられ、一件落着したはいいものの、また同じような事件が起きてはいけないと、協会のセキュリティは見直され強化されることになった。

捕らえられた彼岸の髑髏の一味は、術者の領分ということもあり、警察に引き渡されずに協会本部の地下にある部屋へと監禁された。

そこは問題を起こした危険な術者を捕らえておくための部屋で、彼岸の髑髏は一人ずつ個室に入れられ、二十四時間絶えず監視態勢がしかれている。

その日も二人体制で備えつけられたカメラを通して監視されていたのだが、監視員が異変に気づいた。

「ん？」

「どうした？」

突然画面に向かって前のめりになった相手に、もう一人の監視員が不思議そうにする。

「いや、なんか様子がおかしくないか？」

そう言いながら一つの画面を指さす。

そこには、部屋のベッドで横になっている彼岸の髑髏の一員である男が映っている。

「え？」

片方の監視員が目を凝らしてよく見ると、その男は胸元を押さえていた。

その姿は苦しんでいるようにも見えた。

直後……。

「うぐあぁぁぁ！」

もがきながら体を暴れさせ苦悶《くもん》の叫び声を上げる男に、監視員二人は慌てて立ち上がる。

「なんだ！　どうした!?」

「分からん。けどすぐに様子を見に……」

見に行こうと言い終わる前に、別の画面に映っている一員も同じように叫びだした。

はっとしてそちらに視線を向けると、床をのたうち回っている。

さらにそこだけでなく、各部屋に監禁されていた者達が次々に叫び苦しみもがいているのがカメラに映る。

「どうなってるんだ！」

「とりあえず応援を呼べ！　俺達だけじゃ人手が足りない！」

「ああ」

監視員は慌てて電話に手を伸ばし、救援を求めた。

一章

ついに華《はな》たちの両親は失脚。柳《やなぎ》が一瀬《いちせ》を継ぐという話はすぐに一ノ宮の一族へ通達されたが、特に目立った反対意見はなく収まった。

たとえあったとしても、一ノ宮当主である朔《さく》が握りつぶしていただろう。

なにせ、柳が一瀬の長となるように働きかけていたのは朔なのだから。

騙《だま》し討ちのようなところもあったが、他の一族の人間は詳細を知らないので問題ない。

柳はまるで最初から一瀬の長であったかのように家を引き継いだ。

そして、一ノ宮の屋敷で居候していた葉月《はづき》は、兄の柳と共に一瀬の家へと帰ってきたのだった。

あれだけ大騒ぎして家を出たというのに、こんなにすぐに舞い戻ってくるとは葉月とて思いもしていない。

二度と帰らない覚悟を持っていたので、少々気まずさは隠せなかった。

両親のいない屋敷は、なんとなく静かな気がする。

少し前までは家に帰るのが憂鬱《ゆううつ》で、すぐにでも逃げ出したくて仕方なかったというのに、今はもう以前のような息苦しさは感じなかった。

両親がいないというだけで屋敷も家具の位置も変わらないが、気持ちの上では大きく違う。

「本当にいなくなったんだ……」

両親の姿がない家の中を見て改めて実感する。

これまで葉月を心身共にがんじがらめにしてきた両親とは、今後滅多なことがない限り会うことはないだろうと柳から言われた。

嬉《うれ》しいかと聞かれたら、分からないと葉月は答えるだろう。

これまで両親に強要され続けた生活だったが、別に両親を恨んだりしていたわけではない。

だからこそ、複雑な心境だった。

これが華だったなら、「ざまあ～！」と言って、それはもう嬉しそうに高笑いしただろうが。

葉月はまだそこまで気持ちを切替えることはできていない。

それでも、両親から解放されたという安堵感《あんどかん》は大きかった。

自分を縛る存在はもういない。自由なのだ。

屋敷では、あらかじめ柳から聞いていたように両親に近しかった使用人は一新されており、見覚えのない顔ぶれが見られる。

少し戸惑うものの、両親がいない以上の大きな出来事ではない。

「大丈夫か、葉月？」

柳が心配そうに葉月を振り返る。

「うん、大丈夫よ」

葉月は問題ないと笑うが、その心中は複雑だ。

それを柳も察しているのだろうか。

これまでの無関心を装った感情の見えない声色とは違い、優しく声をかけてくる。

「なにかあれば溜《た》め込まずにすぐに相談してくれ。あの人達はもういない。好きに過ごしたらいいんだから」

「うん」

好きに過ごしたらいいとは言うが、葉月はどう過ごすべきなのか分からない。

これまで両親が決めた通りに動くよう行動を強要され、葉月の意思は無視されていたのだから当然だ。

一ノ宮の屋敷にいた時は、なんだかんだ華や望《のぞむ》が、一人になる暇もないほど構い倒してきたので気にならなかったが、こうしていざ自由を手に入れると、なにをしたらいいのか困ってしまう。

「俺もこれからはちゃんと家に帰ってくるようにする」

柳が父親から憎々しく思われていると知ったのはつい最近のことだ。

それを聞いた時に驚いたのは葉月も華も同じだった。

だが、確かに柳が両親と楽しげに会話しているのを見た覚えはなく、ヒントはいろいろなところに鏤《ちりば》められていたのだ。

それに華も葉月も気がつかなかっただけ。

いや、二人共自分のことを考えるだけで手一杯だった。柳はちゃんと華と葉月のことを考えてくれていたのに。

「とりあえず、仕事に行ってくるが、夜にはちゃんと帰る。葉月もまだ戸惑っているだろうが、まずはこれから朝と夜の食事は一緒に取るようにしよう」

一ノ宮家では当たり前だった家族集まっての食事の風景は、この一瀬の家では無縁だった。

もちろん最初は違っていた。

一ノ宮の家のように家族で食事をしていたはずだったのに、いつの間にか別々になっていた。

なにがきっかけだったかはもう覚えていない……。

そんな希薄な関係の家族だったので、柳も柳なりに葉月との距離を縮めようと努力しているのが分かった。けれど……。

「お兄ちゃん、お仕事大丈夫なの？ 私に構っている暇なんてないんじゃない？」

最年少で四色《よんしき》の瑠璃色《るりいろ》の術者となった柳は、その能力を買われて当主である朔からの信頼も厚く、日々忙しく動き回っていると聞く。

どのような仕事を頼まれているのかは、まだ学生である葉月には分からないが、これまでほとんど家を留守にしていたのを考えても、今ものんびりできる状況とは思えない。

まあ、帰ってこなかった理由の一つに、仲が悪かった両親と顔を合わせたくなかったというのもある気がするが。

それでも、柳が忙しいのは間違いないはずだ。

「もし、私に気を遣っているなら気にしないで。私ももう子供じゃないんだし、一人でも大丈夫だから」

兄を煩わせたくないと考えるのは、気を遣いすぎて遠慮しがちな葉月の悪い癖だ。

それを柳はちゃんと理解していたようで、苦笑しながら躊躇《ためら》いがちに葉月の頭に手を乗せる。

これまで頭を撫《な》でられるなんてことを両親にすらされた覚えのない葉月は、驚いたように目を大きく見開いた。

「俺がそうしたいんだ。後悔しないために。葉月が俺といるのが嫌なら無理強いするつもりはないが」

「そ、そんなことないわ！」

寂しそうな目をした柳を見て葉月は慌てて否定すると、柳はわずかに口角を緩めた。

「だったらやはり食事ぐらいは一緒に取らせてくれ。俺がそうしたいんだ」

「うん」

そこまで言われて嫌だなんて言えるはずがない。

葉月にとって兄は遠くありつつも尊敬する存在だったのだから。

嬉しいという気持ちの方が勝った。

「じゃあ、行ってくる。あの人達はいなくなったし、これから家のことは葉月のしたいようにしたらいいからな。俺も常に家にいられるわけじゃないから、家の中を模様替えするなり、人を雇うなり、葉月が思うように動いていいんだ」

「うん。ありがとう、お兄ちゃん」

それから急ぐように出ていった柳だが、翌朝になると言葉通りに葉月と朝食を共にするため帰ってきた。

「なんとか間に合ったな」

「おかえりなさい、お兄ちゃん」

柳を出迎える葉月の様子を微笑ましそうに見ている古参の使用人の中には、華との関係が変わるきっかけをくれた紗江《さえ》の姿もある。

食事の席に着くと、葉月も柳も目を丸くした。

「紗江さん。なんだか朝食にしては豪華すぎない？」

葉月が困惑した様子で問う。

とてもではないが、二人分の食事の量ではないし、朝から赤飯に鯛《たい》の尾頭付きまである。

「柳様が正式に跡目を継がれたことと、お二方の新たな門出を祝しまして、調理係がはりきってご用意いたしました」

ニコニコと微笑む紗江は、本当に嬉しそうだ。

「そうなの」

確かに柳が跡目を継いだお祝いをしていなかったことを思い出して葉月は納得した。

「今度華も呼んで内々にだけどお祝いしないとね、お兄ちゃん」

「華だけで済めばいいけどな」

意味ありげな柳の言葉の意味を、葉月は正確に理解していた。

「ご当主様もご招待した方がいい？」

「そうだな。朔様には今回の件に関していろいろ手を尽くしてもらったから、礼をしないままにはできないだろう」

「分かったわ。お兄ちゃんは忙しいし私が準備する」

「ああ、頼む」

柳は口数が少ないこともあって食事の場は賑《にぎ》やかというわけではなかったが、その場の空気は穏やかで優しいものだった。

こんな風に柳と向き合って心穏やかに食事をしている自分の状況が、葉月には不思議で仕方ない。

これからはこんな日が続いていくのかと思うと、自然と表情は柔らかいものになっていく。

その様子を見る柳も似たような表情であった。

「そう言えば、もうすぐ学祭の時期だな」

「うん。今年は第一学校の担当よね？」

年に一度、黒曜《こくよう》学校の第一から第五学校が合同で学祭をする。

その時には屋台が出て余興なども行われ、毎年大いに盛り上がる一大イベントとなっているのだ。

開催場所は第一から第五学校が持ち回りで受け持つ。

去年は第五学校で行われたため、今年は第一学校が担当する予定のはずだ。

ちなみに、第一学校は一ノ宮の管轄地区にあり、第二学校は二条院《にじょういん》の管轄地区にあるというように、その数字により五家のどこに属すかが分かる。

第一学校で学祭が行われるということは、今回は一ノ宮の力が大きく影響するのだ。

「ああ。だから当日の警備には俺も参加することになっている。葉月は今年も選抜メンバーに入っているのだろう？」

「まだメンバーは発表されていないけど、たぶん選ばれると思う」

学祭の間には、第一から第五の各学校の中から生徒が選出され、互いの力を披露し合う交流戦というイベントが行われるのだ。

選抜メンバーは学校の中でも特に優秀とされる者達ばかり。

それ故に、選抜メンバーに選ばれることは今後の進路にも大きな後押しとなるのだが、微妙な顔をする葉月に柳は不思議そうにする。

「どうしたんだ？　なにか問題でもあるのか？」

「だって、私より華の方がずっと強いのに……」

人型の式神を二体も持ち、さらには犬神すら式神にしている華は、葉月と比べるまでもなく強い。

それを最近になって知った葉月は、華をずっと弱い者として、また、守らなければならない者として勝手に見ていた。

知らなかったとはいえ、今になるとなんて傲慢《ごうまん》な考えだったのかと恥ずかしくなってくる。

「華はCクラスだから選ばれるか分からないのよ。おかしいでしょう?」

過去、Cクラスの生徒が選抜メンバーに選ばれた記録はない。

「おかしいと思うが、華は選ばれても面倒くさがりはしても喜びはしないだろうな」

「確かに」

葉月は妙に納得した。

正直、十歳以降二人の関わりは最小限であり、知らぬことの方が多いにもかかわらず迷わず納得してしまうのは、双子故の特別な繋《つな》がりがあるからなのか、そこは分からない。

「華ったら、術者じゃなくて一ノ宮系列の会社に就職するのが希望だっていうの。お兄ちゃんはどう思う?」

葉月は、華のあの成績では一般的な会社への就職は少し難しいのではないかと思うと同時に、華の術者としての高い能力を活《い》かさないのはもったいないと思っていた。

「さあな。そこは華の、というよりは朔様次第というところだろう」

「ご当主様の？」

「協会に属するにせよ、就職するにせよ、子供ができたらそれどころではなくなるしな」

とんだ爆弾発言だ。

華がこの場にいたら、近所の犬がつられて遠吠《とおぼ》えするほど叫んでいただろう。

葉月も絶句している。

確かに妊娠したら華の望む将来設計はガラガラと崩れ去っていく。

今はまだ離婚しようと企《たくら》んでいる華。けれど、朔が離婚を望んでいないのは葉月も知っているので、絶対にないとは言いきれない。

「…………」

葉月はそっと言葉を呑《の》み込み、聞かなかったことにして話を無理やり変えた。

「こ、交流戦の時はお兄ちゃんも見に来てくれる？　一度ぐらいは見に来てほしくて」

これまでは両親が見に来ていたが、褒められるよりも、何故もっと活躍しなかったのかと責められる方が多かった。

葉月はいつだって頑張っていたのに、それが認められることはついぞなかった。

問いかけると、一拍の沈黙ののち、柳は頷《うなず》く。

「……ああ」

その反応を悪い方に捉《とら》えた葉月は表情を曇らせる。

「もしかして難しい？　それなら無理しなくていいからね？」

「いや、そうじゃない。実は一度どころか葉月が一年の時も二年の時も見に行っていた」

「そうなの？」

葉月は驚いたように目を丸くする。

「ああ。兄なのだから当然だ」

「そっか」

葉月は小さくはにかんだ。

＊＊＊

葉月が一瀬の家に帰ってしまい、華は元の生活に戻った。

寂しく思うものの、葉月が決めたのなら仕方ないと自分を納得させたが、華以上に望がたいそう落ち込んでいた。

葉月が過ごしていた部屋を見て深いため息を吐いているのを何度か目にしている。

望はどうせクラスが一緒なのだから学校でいくらでも会えるだろうに。

クラスが違い、会う時間が限られている華に比べたら全然いいではないか。

しかし、あまりにも悲愴感を漂わせるので、さすがにかわいそうになり、おちょくったりはせずに見なかったことにしてあげている。

多少の名残り惜しさを感じつつ、一ノ宮では変わらぬ時間が流れていった。

華は夕食終わりにお風呂《ふろ》に入った後、タンクトップに短パンというラフな姿で、鏡を見ながら顔に化粧水を塗っている。

そんな華の背後では、ドライヤーと櫛《くし》を手に華の髪を乾かしている雅《みやび》がいた。

髪を乾かしながら目に入った華の背中に、雅はわずかに眉《まゆ》をひそめる。

「主様《あるじ》のお背中、だいぶアザが消えてきましたね」

「本当？　よかった」

「このようなアザを作られて、素直によかったと喜べませんけどね」

両親を失脚させられたのはいいのだが、そのために強い妖魔《ようま》と戦わされた華は、その時に体を壁に激しく打ちつけた。

その結果、背中に大きなアザができてしまったのである。

アザができるほどの負傷だ。もちろん、痛みもそれなりにあったが思ったより早く引き、アザだけが痛々しく残っていた。

それが雅には我慢がならないようで、華の背中を見る度、華以上に怒る始末。

華は葵《あおい》や嵐《あらし》の前ではタンクトップのような肌を見せる服のままではいないので、アザの様子を分かっているのは雅とあずはだけだ。

葵の場合は式神といえども男性の姿なので恥ずかしいから。

嵐の場合はたたり神になった彼を救う時に残った傷跡を見せることで、罪悪感を与えないためである。

「あのボンボンめ。三光楼《さんこうろう》の次期当主だかなんだか知りませんが、主様にこんな傷を負わせるとは。私も一発かましておくのでした」

不穏な言葉を漏らす雅は、怒り心頭に発した様子で、ドライヤーを握りしめている。

壊しかねないほどの力で握りしめており、ドライヤーから悲鳴が聞こえてきそうだ。

ギリギリと歯噛《はが》みしている雅が怒りを感じている相手は、三光楼雪笹《ゆきざさ》。

五家の一つ、三光楼の次期当主に指名されている人物で、朔の黒曜学校時代の同級生だ。

華が負傷する原因となった妖魔は、本来なら雪笹が倒さねばならなかったものなのだ。

それを一瀬の両親を失脚させるのに協力する代わりに、華に押しつけた。

それは朔の承諾もあってのことだったので、雅や葵は朔にも怒りを感じている。

朔が母親である美桜《みお》に叱られた時には、それはもう機嫌よさげにざまあみろという顔をしていた。

ちなみに、美桜に詳細な経緯をチクったのはあずはである。

「次にもし同じことをしようものなら、目にもの見せてやります」

「まあ、程々にね」

華は雪笹に一発食らわし、多少スッキリしていたので他人事《ひとごと》だ。

化粧水の次に乳液を塗り終えると、雅の方も髪を乾かし終えたようでドライヤーの電源を切った。

その時、脱衣所の扉が急に開けられた。

入ってきたのは朔である。

「あっ、脱衣所の鍵《かぎ》閉めるの忘れてた。ギリギリセーフ」

「主様……。お気をつけください。主様の裸体を不埒者《ふらちもの》に見られたらどうなさるのです」

「てっきり閉めたと思ってたんだもの」

タイミングを間違えたら危うく着替えを見られているところだった。

ほっとする華とは逆に眉根《まゆね》を寄せた朔は舌打ちする。

「ちっ」

「なに舌打ちしてるのよ」

「鍵をちゃんとしておけ。入浴中に望が間違って入って来たらどうするんだ。俺すらまだ一緒に入っていないのに」

「このエロ親父が。一緒に入ることなんて一生ないわよ！」

じとーっとした眼差《まなざ》しを向けるが、朔はそれぐらいのことを気にするような人間ではなかった。

「妻の裸を見られるのは夫の特権だぞ」

キリッとした真顔で発言する内容ではない。

「その格好も十分露出が多い！　俺以外の男の前では絶対にするなよ」

なにに対して怒っているのかと呆《あき》れると同時に、着衣しているものの、タンクトップに短パンという肌の露出の多い姿をじっくりと見られれば、急に恥ずかしくなる。

「見ないでよ、馬鹿！　セクハラで訴えて、当主の名声を地に落としてやるわよ」

「やれるものならやってみろ。一ノ宮の権力で握り潰《つぶ》してやる」

はたから見たら犬も食わない夫婦の喧嘩《けんか》にしか思われないだろう。

逆に恥を晒《さら》しそうだ。

毛を逆立てて威嚇する猫のように、朔を睨《にら》んでいる華の肩にパーカーがかけられる。

「主様、いつまでもそんな格好では風邪をめされますよ」

「ありがとう、雅」

なんと気が利く式神だろうか。首元が隠れるぐらいチャックを閉めて、ようやくほっとする。

「別に俺の前でならそのままでも全然構わないんだがな」

「うるさい」

ギロリと睨むが、朔は意地が悪そうに口角を上げるだけ。

そんな朔は思い出したように口を開いた。

「そうだ、華。今度の休みは予定を空けておけ」

「なんで？」

「前に言ってただろ。高級フレンチフルコース」

それを聞いた瞬間、華の表情がぱっと華やいだ。

「連れてってくれるの⁉」

「ああ、約束だからな」

「やったー」

華は目を輝かせながら手を上げてくるりと回った。

高級フレンチフルコースは、雪笹に押しつけられた妖魔によって負傷した見返りにと、朔が提示してきたお詫《わ》びのしるしだ。

華は高級フレンチフルコースと引き換えに許してあげたのである。

「要望通りに、最高級のフルコースを予約しておいたぞ」

「俄然《がぜん》楽しみー」

日本を牛耳る五家の一つである一ノ宮の当主が最高級というほどの料理だ。そんじょそこらで食べられるものではないのは確かである。

喜んでいると、ジリジリと朔が寄ってきたので華はゆっくりと後ずさるが、朔は構わずに近づいてきて華を壁に追い詰める。

逃げようとするも、顔の横に両手をついて阻まれたので、壁ドン状態だ。

キスされそうなほど近くにある朔の不敵な笑みを見た華は身の危険を感じ、口元をひくつかせる。

「な、なに？」

「当日は式神達を全員留守番させとくんだぞ。あずはもだ」

「どうして？」

「せっかくのデートにお邪魔虫は必要ないからな」

「デート!?」

「騒ぐほどのことじゃないだろ。夫婦が一緒に出かけるんだから、世間一般でそれはデートだ」

間違っていないのかもしれないが、それはあくまで普通の夫婦の場合だ。

華と朔は契約により結ばれた結婚。

いつ離婚してもおかしくないのである。

されど、それを口にしたら逆上した朔になにをされるか分からないと、さすがに最近学習してきた華は口をつぐんだ。

「絶対に留守番させとくんだぞ、いいな？」

「留守番と言ったって……」

念を押された華が困った顔で朔の背後に視線を向けると、彼岸の髑髏のボスをも瞬殺したピコピコハンマーを手に、雅が朔の脳天を狙っていた。

華の命令があればすぐにでも攻撃できるように。

「雅、さすがにそれは危ないからしまいなさい」

「あら、残念です……」

雅は言葉通り残念無念という表情でピコピコハンマーを消した。

雅の武器としてネットで買い、彼女専用の呪具《じゅぐ》にしたピコピコハンマーは、姿を現したり消えたりできる式神達と同じように、雅の好きなように出したり消したりできる。

葵の持つ大剣と同じようなものだ。

葵の持つ大剣も、元はネットで買った玩具《おもちゃ》の剣を、華が呪具にして葵に与えたものだった。

華が作った武器は我ながら上手《うま》くできたと自画自賛できるほどの一品となっている。

そんなものが無防備な朔の脳天に振り下ろされたら普通はただではすまない。

まあ、五色の漆黒の術者である朔ならば、簡単にあしらえそうではあるが。

「主様《あるじ》に対して馴《な》れ馴《な》れしい虫は早めの駆除が大事だと思いますよ？」

天女のように儚《はかな》げな容姿をしていながら、軽く毒づく雅に朔も呆れる。

「お前の式神は本当に過保護だな」

「それを分かってて留守番させろなんてよく言うわよ」

留守番と聞いたらあずはと嵐は問題なく言うことを聞いてくれるだろうが、葵がぎゃあぎゃあとうるさくなるのはまず間違いない。

「それでも置いていけ。じゃないとフルコースはなしだ」

「そんな⁉」

華は衝撃を受ける。

これは本気で対策を練らねばならないかもしれない。

うーんうーんと唸《うな》り、華ははっと閃《ひらめ》いた。

「じゃあ、当日は椿《つばき》を貸してくれる？」

華の狙いを理解した朔は口角を上げる。

「そうだな。椿も愛《いと》しいダーリンと遊べて嬉《うれ》しいだろう」

椿を苦手としている葵にはかわいそうな気がするが、フルコースには代えられないと、華は葵に生贄《いけにえ》になってもらうことを選んだ。

あとは雅だが……。

「雅、ちゃんとお土産買って帰るから、留守番よろしくね」

途端に不満そうな顔をする雅だが、直情的で子供っぽいところがある葵と比べると、雅は聞き分けがいいほうなので渋々だが頷《うなず》いてくれた。

「主様がそうおっしゃるなら……」

「ありがと〜」

華の頭の中はフルコースで占められ、「フッルコース、フッルコース♪」と歌うように口にしながらニコニコと機嫌よさそうに笑う。

そんな華に、いまだ壁ドン状態をキープしていた朔が、ちゅっと頬に口づけた。

途端に固まる華。

拒否されないのをいい方に受け取った朔が、今度は唇にキスをしようと顔を近づけると、背後からピコピコハンマーが振り下ろされた。

朔は最初から想定していたようにさっと避《よ》けたためにピコピコハンマーは朔を仕留

められず、壁に当たった。

ドゴッという激しい音を立てて壁には大穴が開いてしまった。

それを見た朔は頬を引きつらせる。

「華……。こんな危険物を軽々しく与えるなよ。当たったらどうするんだ」

「朔が悪いんでしょうが！」

硬直から解けた華が朔のすねを強《したた》かに蹴《け》りつけた。

その後、脱衣所の大穴を見た美桜から屋敷内でのピコピコハンマー禁止令が出された。大穴のことを叱られた華は理不尽さを感じるのだった。

＊＊＊

約束のフレンチフルコースを食べに行く日。

普段は着ないような、レースがかわいらしい淡いピンク色のフォーマルなワンピースを着て、メイクも髪も綺麗《きれい》に整えた華が、ご機嫌な様子で鏡の前で最終チェックをしていた。

こういうフェミニンな服はどちらかというと葉月の方が似合うのだが、似た顔立ちだけあって華もそれなりに見栄えがよくてご満悦だ。

それをムスッとした顔で見ている葵には、椿が幸せそうな顔で張りついている。

「ダァリ〜ン。今度は私達もデートしようねぇ」

「するか！　俺もついてくぞ、主！」

「駄目だよぉ、ダーリンは椿とお留守番だもん。ご主人様からも今日は一日ダーリンにくっついてろって命令されてるし〜」

「はーなーせー」

葵の動きを、とりもちのように張りついた椿が封じる。

『あるじ様、あずはもお留守番？』

やはりというか、ついて行こうとする葵に加え、あずはも華の周りをヒラヒラと飛びながら、舌っ足らずなかわいらしい声で問う。

「ごめんね、あずは。あずは達は連れてくるなって朔が言うのよ」

「主は俺達とフルコースとどっちを取るんだ？」

どこか拗《す》ねた様子の葵の問いかけに、華は即答できずに視線を彷徨《さまよ》わせた。

葵達は大事だがフルコースも捨てられない。

そんな華の心の声が聞こえたのか、葵がじとっとした視線を向けてくる。

「主……」

華は葵を直視できないまま乾いた笑いを浮かべる。

「あはは……。もちろん葵達の方が大事に決まってるじゃない」

「でも、フルコースも大事って顔してるぞ」

「いや、まあ……」

否定できないでいる華を見かねたのか、ため息を吐いて雅が口を挟む。

「葵、それぐらいにしなさい」

「だってよー」

「今回のお食事は主様が頑張って妖魔《ようま》を倒したご褒美なのですから、ここは我慢してお見送りしましょう」

「うぐっ」

葵も理解はしているのだ。

それでも置いていかれるのが不満なだけ。

「分かったよ」

葵は渋々といった様子で、最終的には納得してくれたようだ。

「ありがと、雅。葵もね」

華はよしよしと葵の頭を撫《な》でてから、鞄《かばん》を持った。

「じゃあ、行ってくるから大人しくしてるのよ」

「いってらっしゃいませ、主様」

『いってらっしゃい、あるじ様』

微笑む雅と、ヒラヒラと飛ぶあずは。

そして、ムスッとしたままの葵と、そんな葵に抱きつきながらニコニコ顔で手を振る椿に見送られ部屋を出た。

残念ながら嵐はこの場におらず反応は見られない。

最近なにをしているのか分からないが、ちょくちょく出かけているようだ。

嵐は華の式神なので力の繋《つな》がりがあるため捜そうと思えば捜せるのだが、嵐の行動を制限するつもりはないので、自由にさせている。

玄関では朔がすでに待っていた。

朔も黒いスラックスに青いジャケットというフォーマルな装いをしている。

「お待たせ」

「遅いぞ」

「葵がゴネちゃってね」

「やっぱりか」

想定内だったからこそ、椿を借りたのだ。

「ちゃんと言い聞かせてきたんだろうな？」

「うん。たぶん大丈夫」

「なら、行くぞ」

「はーい」

待ちに待った高級フレンチを食べられるとあって、華の機嫌は最高潮にいい。

ウキウキとした様子で車に乗り込んだ。

そして訪れたのは、一ノ宮グループ系列の五つ星高級ホテル内にあるレストラン。

個室に案内され、ウェルカムドリンクが提供される。

朔はシャンパンのようだが、まだ十八歳の華には林檎《りんご》の炭酸ジュースだった。

見た目だけなら朔が飲んでいるシャンパンと変わらない。

「よーし、カンパーイ」

テンションの高い声でグラスを持ち上げたのは華でも朔でもなく、何故ここにいるのか分からない雪笹である。

「なんであなたがここにいるのよ!」

華は目を吊《つ》り上げてビシッと指差した。

「えー、だってこの間のお詫《わ》びって聞いたからさ、俺も関係者だし必要だろ?」

「いらないから帰れ!」

完全に雪笹を警戒対象と認識している華はそう怒鳴りつけるが、雪笹は変わらずヘラヘラ笑っている。

なんとかしてよ。せっかくのフルコースが不味《まず》くなる！」

「そこまで言わなくてもよくね？　さすがの俺も傷つくぞ」

などと雪笹は言ってはいるが、その余裕の笑みを浮かべた表情ではまったく説得力にかける。

むしろこの状況を楽しんでいるようにしか見えない。

「そもそも、お前はどうやって俺達が今日ここに来ることを知ったんだ？」

朔が呆《あき》れたように問うと、雪笹はシャンパンを飲みながらニヤリと笑った。

「そりゃあ、これでも三光楼の次期当主だからな。情報源はいろいろ持ってるさ」

朔は諦《あきら》めたように深くため息を吐く。

「せっかく邪魔な式神達を留守番させてきたのに、害虫がくっついてくるとは……」

「害虫呼ばわりってひどくね？」

「その通りだろ。夫婦のデートの時間に割り込むお邪魔虫め」

ポンポン言い返すそのやり取りは、二人の親密さを感じさせるが、華にとって今は
そんなことはどうでもいい。

「朔ってば、早く追い出してよ」

「言って聞くような奴じゃないから諦めるしかない」

「えー」

途端に華から不満げな声が出る。

表情からしてものすごく嫌そうだ。

けれど、空気を読まない雪笹は、ちゃっかりシャンパンをおかわりしている。

「いいじゃんいいじゃん。朔の嫁なら俺の身内みたいなもんだし。お兄ちゃんと呼んでくれてもいいんだぞ？」

「ノーサンキュー！」

「馬鹿が。調子に乗るなよ」

華と朔から冷たい言葉と眼差《まなざ》しを浴びせられても動じない雪笹は、はっはっはっと陽気に笑っている。

まさかもう酔っているなんてことはないだろうなと心配になるほどだ。

「笑ってないで、とっとと帰れ！　せっかく楽しみにしてたのに、台なしじゃないのよ」

雪笹の顔を見ながら食事するなんて楽しめるわけがない。

まだ妖魔の一件を忘れたわけではないのだ。

華は根に持つタイプであった。

すると、雪笹はジャケットの内ポケットからチケットのようなものを取り出す。

「これやるから許してくれよ」

「なにそれ?」

「三光楼が経営しているホテルのカフェで、半永久的に無料で使い放題の特別なチケットだ。席も少人数なら常に空けておくようにしたから、友達とか好きな時に連れて行けるぞ。ここの店のアフタヌーンティーはテレビでも紹介されててめちゃくちゃ人気なんだ」

「そのカフェって……」

ピシャーンと雷に打たれたように華に衝撃が走る。

華も知っている。人気すぎて予約が取れないと噂のカフェである。

季節ごとに内容が変わる、見た目も味も一級品のアフタヌーンティーは、一度は行ってみたいねと友人の鈴《すず》と話していたものだ。

「それくれるの?」

「同席を許してくれるならな」

「いくらでもどうぞ~」

ニコニコ顔で声も媚《こ》びるように高くなる。ころりと態度を変えた華に、朔も呆れている。

「現金な奴め」

「だって、朔。ここのお店ってほんとに予約取れなくて有名なのよ! そんな店にいつでも行けるなら、これはもうごまをするしかないでしょ」

「一ノ宮の嫁が簡単にごまをするな！　プライドを持て！」

朔の鋭いツッコミもなんのその。

雪笹からチケットをもらった華は上機嫌だ。

「プライドじゃお腹は膨れないのよ～」

「まあ、この間のお詫びもかねてってことで」

「ふへへへへ。そういうことなら仕方ないから許してあげる」

今にも歌いながら踊り出しそうな華は、なんとも不気味な笑い方をしてチケットを大事そうに鞄に入れた。

これを使い、葉月と鈴と桔梗《ききょう》とで女子会を開くのだ。

きっと楽しいに違いないと、想像するだけで頬が緩む。

そうこうしていると、料理が運ばれてきた。

さすが朔が誘ってきただけあって、どの料理も美味《おい》しい。

「うまっ！」

「それはよかったな」

朔はどんどん皿を空にしていく華の食べっぷりに、呆れつつも優しげな眼差しで見ている。

そしてそんな朔を面白そうな顔で観察している雪笹は、ニヤリと笑って口を開いた。

「なああなあ、黒曜学校に通ってた頃の朔の女性遍歴聞きたくねぇ？　朔ってばそれはもうかなりモテたんだぜ」

華は持っていたカトラリーの動きを止めた。

「え、めちゃくちゃ聞きたい」

その目は興味津々だ。

「馬鹿！　雪笹、お前余計なこと言うなよ！」

朔がなにやら吠《ほ》えているが、その余裕のない様子がさらに華の興味を誘う。

「朔ったら、そんな動揺するぐらいとんでもない学校生活送ってたわけ？」

以前に朔から、学生の頃はかなり荒れていたと聞いていたので、きっと女性関係もやんちゃだったに違いないと、華は勝手に想像した。

思わず冷たい眼差しになる華に、朔の頬がひくりと引きつり、やり場のない感情が雪笹へと向く。

「雪笹、お前本気で帰れ！」

「えー、俺は本当のことしか言わねぇぞ」

からかうような雪笹の様子に、朔が怒りを感じているのが分かる。

「まさか人に言えないようなただれた生活をしてたんじゃ……」

「そこまではひどくない！」

ドン引きする華に朔は否定するが、口が滑ったことに気づいた時には遅かった。

「つまり、そこまでじゃない程度には女性関係が荒れていたと」

「ぐっ」

「あはははは っ！」

言葉をなくす朔と、テーブルを叩《たた》いて大笑いする雪笹。

「お前らまじ面白《おもしれ》ぇ。笑い死にしそう……」

「そのまま苦しんでろ！」

笑いすぎて苦しんでいる雪笹に朔は吠える。

朔に女性の影が見えた華は、なにやら少し胸がムカムカとした。

調子に乗って食べすぎたかと、本当の理由は自分で分かっていながら心を覆い隠す。

ここで認めてしまうのはなんだか癪《しゃく》だったというのもあるが、華自身がまだ嫉妬《しっと》という感情を受け入れられていない。

それに、きっと表に出してしまったら朔が調子に乗りそうな気がしている。

だから今はまだ胸の中にしまっておこうと、幾重にも頑丈な鎖で縛りつけて強固な南京錠で鍵をかけた。

華がそんなことを考えている間にも、朔と雪笹は言い合いをしており、怒っている朔とは反対に雪笹は楽しそうだ。

「朔が女教師に保健室へ連れ込まれそうになった話聞きたい？」

「聞く聞く」

ずいっと身を乗り出した華をデコピンして、朔は次に雪笹へおしぼりを投げつけた。

見事に顔面キャッチした雪笹は、それでも楽しそうな表情は変わらない。

「なんだよ、せっかく俺がお前の大事な嫁に楽しい昔話をしてやろうってのに」

「そうだそうだ」

華が雪笹に味方するようにノリノリで声を上げる。

女性関係にモヤモヤしつつも、朔がどのように荒れていたのか、華も気になって仕方ない。

けれど、朔は黒歴史とばかりに聞かれたくなさそうにしている。

「余計なお世話だ。というか、お前も便乗するな、アホ」

と、朔は雪笹だけでなく華にも注意する。

「アホとはなによ。アホって言う方がアホなんだからね！」

「お前は子供か？」

「朔の口が悪いんでしょ。よくそんなんでモテたわね。勘違いなんじゃない？　自意識過剰？」

華にとって朔は口が悪い俺様である。

確かに顔はいいが、性格が残念すぎる。

すると、それを聞いた朔が頬を引きつらせる。

「俺の魅力が分からないとは残念な奴だ。それなら分からせてやろうか？」

そう言って近づいてくると華の顎《あご》を摑《つか》み、引き寄せる。

目の前に雪笹がいるというのに、キスができそうなほど顔を近づけてくるので、華は一気に顔を赤くさせた。

無駄に色気を溢《あふ》れさせるものだから余計にたちが悪い。

「ちょちょちょ、ちょい待ち！」

動揺する華に己の優位を確信したのか、ニヤリと不敵に笑う朔。

「雪笹、あっち向いてろ」

「オッケー」

「オッケーすんな！　てか、めちゃくちゃ見てるじゃないのよ」

華が鋭くツッコミを入れる。

雪笹は顔を背けるどころかニコニコしながらガン見している。

「よそ見する暇があるとは余裕だな」

「ぎょわぁぁ！」

ほんとにあと少しというところで、華は考えるより先に頭が動いた。

ガンッと朔の顔面に頭突きをしたのだ。

「うっ……」

朔の痛そうなうめき声が聞こえたが、そのおかげで朔の魔の手から逃れることができてほっとする。

そして、恥じらいもない朔に罵声《ばせい》を浴びせる。

「馬鹿！　エロ親父！　節操なし！」

「一言目に言うことがそれか。歯が折れるかと思っただろうが」

「朔が悪いんでしょうがっ！」

吐き捨てるように叫ぶ華の顔は真っ赤になっていた。

もちろんキスをされそうだった状況の恥ずかしさと、朔の色気にである。

悔しいかな、やはり顔だけはいい。

そこは華も認めざるを得ない。

学校時代にモテていたのは決して冗談でもなんでもないのだろう。

性格は残念だが、一ノ宮の嫡男で術者としての能力も高く、顔もいいのだから、異性が放っておくはずがない。

そんな朔が華を好きだというのだから、本当に不思議でならなかった。

華は自分がなにか特別なことをしたとは思っていないのだ。

華のなにが朔の琴線に触れたのか、それは朔にしか分からない。

「まったく、恥ずかしがりな奥さんを持つと夫は大変だ」

やれやれという様子で自分の席に戻った朔だが、やれやれなのは華の方であると、ギロリと睨《にら》みつける。

「大変なのはこっちの方よ」

すると、そんな華と朔のやり取りを見ていた雪笹が急に笑いだした。

くくくくっと、堪《こら》えきれないというように。

二人の視線が訝《いぶか》しげに雪笹に向けられる。

「お前ほんと変わったな、朔。昔を知る奴らが今のお前を見たら全員同じ感想を言うだろうさ」

朔は苦虫を噛《か》み潰《つぶ》したような顔をするも、なにも言い返さなかった。

朔が学生時代からどう変わったのかは華には分からない。

それがいいことなのか悪いことなのか、それは笑っている雪笹の様子を見れば一目《いちもく》瞭然《りょうぜん》だったので、華はなにも言わず食事を再開した。

＊＊＊

食事を終えた華は、満足そうにポッコリしたお腹を擦《さす》る。

「はぁ、食った食った。もうこれ以上食べられない」

「食いすぎだ。限度を考えろ」

「よくあれだけ入ったよな。チケット渡したのマズったか？　カフェに入り浸らないか心配になってきた」

朔と雪笹が呆《あき》れた顔をするのも当然で、華はフルコースを綺麗《きれい》に完食した後にデザートを三回もおかわりしたのだ。

お腹がいっぱいになるのは当たり前である。

「さて、満足したし帰ろ」

「ちょっと待て」

華が帰ろうとすると、慌てたように朔が止める。

「なに？」

「もう帰るつもりか？」

「違うの？」

「なんのために式神達を置いてきたと思ってるんだ。せっかくだから他にも寄ってい
くぞ」
華としてはお腹がいっぱいなのでこのまま帰っても全然問題ない……というか、む
しろ帰りたいのだが、朔の目を見る限りは許してくれそうになかった。
「じゃあ、俺も～」
「お前は帰れ」
ちゃっかりついてこようとする雪笹を朔が冷たく睨む。
「いいじゃん」
「邪魔だ。デートだと言っただろうが！　食事を一緒にするのは許したが、これから
は夫婦の時間だ」
「えー」
雪笹が不満そうな声を上げているが、その顔は朔の反応を楽しんでいるようにも見
える。
仲良く言い合いするのはいいのだが、自分は解放して欲しいなと華が思っていると、
華達に声をかけてきた人物がいた。
「一ノ宮様。三光楼様」
名前を呼ばれ、朔達も言い合いを止める。

目を向けた先から、二人の少女が歩いてきた。

年齢は華と同じぐらいだろうか。

どちらもとても綺麗な顔立ちをした子である。

「牡丹《ぼたん》……」

「四ッ門《よかど》のとこの牡丹と星蘭《せいらん》じゃん」

「お久しぶりです、お二方とも」

牡丹と呼ばれた女の子は、朔と雪笹に向かってにこりと微笑む。

その笑みには品があり、やんごとなき家の生まれを感じさせた。

腰まであるロングヘアーは傷みを微塵《みじん》も感じさせず天使の輪ができており、そのままシャンプーのCMでも出られそうなほどサラサラで艶《つや》やかだ。

所作も指の先まで綺麗で、まさにお嬢様という雰囲気。

ややつり目がちだが、それが余計に気位の高さを表しているように見えて違和感がない。

そんな彼女の一歩後ろには、まるでお姫様に仕える騎士のように凛《りん》とした表情をし、長い前髪を真ん中分けにしたショートカットの女の子が控えていた。

出しゃばることなく無言で朔と雪笹に深く一礼した。

「こんなところでお会いできるなんて偶然ですわね」

「そうだな。元気にしていたか？」

「ええ、もちろんですわ。一ノ宮様もお元気そうでなによりです」

牡丹は話し方からしてお嬢様っぽいと、華は感心する。

華の周囲にはいないタイプだった。

「三光楼様も漆黒になられたそうで、おめでとうございます」

「ああ、サンキュー」

ずいぶん朔と雪笹と親しげだ。

漆黒と口にするからには術者の家系であることだけは分かった。

そして、術者の中でも五家の当主と次期当主に気軽に話しかけられるような立場の相手だと。

じーっと華が牡丹に視線を向けていると、ふと目が合い、何故かギッと睨まれた。

「え？」

どうして睨まれたのか分からない華は驚くというよりぽかんとする。

すると、朔が華の背を押して前に出した。

「華、こいつは四ツ門牡丹。名前で分かるだろうが、五家の一つである四ツ門の直系の娘だ。歳は望と同じだったから華とも同じ歳だな」

「おー」

お嬢様っぽいと思ったが、正真正銘のお嬢様であった。

直系ということは桔梗と同じだが、同じ五家のお嬢様でもこうも雰囲気が違うものかと、複雑な気持ちになる。

桔梗には悪いが、第一印象だと、この牡丹という少女の方が五家のお嬢様らしく見える。

オドオドした桔梗は、よくも悪くも五家のお嬢様――しかも次期当主候補とは思えない。

この牡丹も当主候補だったりするのだろうかと華が問う前に、朔は牡丹の後ろにいた少女の紹介をする。

「もう一人は四道《しどう》星蘭。代々四ツ門の人間の側仕えをしている分家の娘だ。幼い頃から牡丹についている」

星蘭は紹介されるや華に一礼した。

そのお辞儀の仕方は美しく、きちんとした教育を受けているのが一目で分かった。

「四道星蘭でございます。お気軽に星蘭とお呼びください」

慌てて華も頭を下げる。

「あ、どうも、華です」

大した作法の覚えもなく、ただ頭を下げるしかできない華を、牡丹が馬鹿にするかのように小さく笑った。

「一ノ宮様、こちらの庶民はどなたです？」

「庶、みん……」

いや、確かに五家に比べたら華の生まれた一瀬は庶民だろうが、一般家庭よりは裕福である。

それは置いておくとしても、初対面の人間を庶民呼ばわりとは失礼にもほどがある。

少しイラッとした華だったが、相手が四ッ門のお嬢様とあってはことを荒立てるわけにもいかず、無理やり笑ってみせた。

「こいつは、華。俺の嫁だ」

「まあ、本当ですか？　あまりに見苦しい所作をする平凡な方でしたので、てっきりいつも一ノ宮様の周りを飛び回ってはつきまとう、目障りな羽虫かと思いましたわ。あなた、もう少しマナーを勉強されることをお勧めしますわよ」

これは喧嘩《けんか》を売られているのだろうか。

それならば二倍の値で買ってやろうかと、華が笑顔を引きつらせていると、朔のため息混じりの言葉が落ちる。

「牡丹、俺は華にそういうのは求めていない」

「ですが五家の当主の嫁でありながら、それではいけませんわ。せめて星蘭の小指の先程度の優雅さは学びませんとね」

めちゃくちゃ煽《あお》ってくるなと、いっそ感心する華からだんだん怒りが引いていった。

かわりに何故こんなに喧嘩腰《けんかごし》なのかと疑問が湧く。

「それより一ノ宮様、ぜひ当主襲名のお祝いをしたいと父が申しておりましたわ」

「ああ、そうだな」

「三光楼様もそのお歳で漆黒になられたのですから、お祝いをさせてくださいな」

「いや、そんな大袈裟《おおげさ》に祝うほどのことでもないさ」

「十分に大袈裟ですわよ」

ふふふっと、これまた上品に笑う牡丹は、華のことなどまったく見えていないように朔と雪笹と盛り上がっている。

会話に加わっていないのは星蘭も同じだが、どことなく華だけが疎外感というか置いてけぼりを食らっていた。

華とて鈍くない。わざとなのは言われなくとも空気で分かる。

彼女達とは初対面のはずなのだが……。

もともと面倒くさがりな華は深く考えないたちなので、そっちがその気ならこちらも無視しようと我関せずを貫くが、あまり気持ちのいいものではない。

朔が特に口を出さないところを見るに、反応する必要はないということなのだろう。

そちらで盛り上がるなら帰りたいのだが、逃がさんぞと言わんばかりに朔に腕を掴《つか》まれているため、華はその場から動くことができない。

面倒なのに捕まったと、華はうんざりしながら話が終わるのを待った。

こんなことならフレンチフルコースにつられるのではなかったと後悔するが、今さら遅い。

「そろそろお暇《いとま》しますわ。予期せずしてお二人にお会いできてついつい長話をしてしまいました。付き合わせてしまって申しわけありません」

華は心の中で「まったくだ」と、浮かべた文句の言葉が口から出そうになったがぐっとこらえた。それよりは、ようやく解放される喜びが勝った。

最後に牡丹は華を見て、ふっと意味深げに笑う。

「今度の学祭も我が第四が圧倒しそうですわね」

そう言い残して牡丹は星蘭を伴い去っていった。

「学祭？」

首をかしげる華の中に疑問符が浮かぶ。

そんな華の頭に朔の手が乗せられた。

「なに？」

「いや、ちゃんと大人しくしてて偉いと思っただけだ」

「人をいくつの子供だと思ってるのよ」

不服そうな眼差《まなざ》しを向ける華。

すると雪笹が突然くくくっと笑った。

「牡丹もまだまだひよっこだな」

「どういう意味？」

雪笹の呟《つぶや》きに華は訝《いぶか》しげな顔をした。

モデルのように背の高い雪笹の顔を見るには自然と見上げる形になる。

「牡丹は桔梗と同じで次期当主候補だ。けど、牡丹の奴は、これだけ華の近くにいて華の力に気づいている様子はなかった。俺は初対面ですぐ気づいたのになぁ。そこはやっぱり大人ぶっていてもまだ学生。未熟な子供ってことなんだろ」

雪笹は少し期待外れと言いたそうな顔をしている。

「いや、そりゃあ、漆黒のお二人さんと比べちゃかわいそうでしょうよ」

言ってはなんだが、華はこれまでに漆黒の術者である朔と肩を並べて、いくつもの問題を解決してきた。

その上、普段から日常的に強い妖魔《ようま》に狙われるせいで、戦闘経験も嫌というほどある。

己の持つ力の強さにも、それを長年隠してきた力の制御にも自信を持っているのだから、そう簡単に見破られてはかなわない。

まあ、朔によると、力が急に強まった十五歳の誕生日の翌日には、兄の柳に見破られていたようだが、あの時はまだ力の制御が甘かったので仕方ないと思っている。

「いや、桔梗の二条院は呪具《じゅぐ》の作製技術を重んじるが、四ツ門は攻撃を得意としている一族だ。相手の力量も分からないようじゃあ、当主になるには実力が足りないな」

朔からも辛辣《しんらつ》な言葉が発せられた。

「まだ高校三年生でしょう？　厳しくない？」

「華ならだいたいの相手の力量を測れるだろ」

朔は当然のように聞いてくるので華は苦笑するが、できるかと問われたらもちろんできると答える。

「まあね」

牡丹は確かに強い力を持っているようだったが、自分には及ばないと華は判断していた。

「でもさ、そういうのは経験次第なんじゃないの？」

まだ若い十代の小娘にどこまでのレベルの高さを望んでいるのだろうか。

そもそも漆黒二人からしたら、華ですら未熟なひよっこである。

「まあな。だが、牡丹は無駄にプライドが高いせいで、それが実力を伸ばすのを邪魔している。このままでいたら次期当主の椅子は遠いだろうな」

「だな」

朔の厳しい批評に雪笹も同意している。

華は五家のことに関しては無知と言っていいので、否定も肯定もできない。

「まあ、他の五家の当主候補でも、華の力を見破れるほどとなると限られてくるだろう。それなりの経験と力がないと無理だ」

「逆にそれができたら実力は折り紙つきってことか」

「そうだな。力がある者とない者との差が分かりやすくはっきりするだろう。一度当主候補達の中に華を放り込んでみるか」

「それナイスアイデアだな。楽しそうじゃん」

あくどい顔をする朔の冗談ともつかない言葉に、雪笹はケラケラ笑う。

「人で遊ぼうとしないでくれる？」

この二人ならば本気で実行しそうなのが恐ろしい。

他家の当主候補の中に放り込まれるなど冗談ではない。

これまで出会った五家の直系の人間を想像すると、望んで関わりたいとは思えなかった。

騒がしいのは望と桔梗で十分である。

二　章

数日後、学校では朝から全校集会が行われていた。

「だる〜。サボるか」

「駄目だってば、華ちゃん。今日は特に大事な話なんだから」

今にもその場から逃げ出しそうな雰囲気の華の腕に、親友の鈴が抱きついて押し留《とど》める。

「どうせいつもの副校長の長話でしょう？　現役時代の過去の栄光を聞かされる方の身になってほしいわよね。誰も望んでないっつーの。何十年も前の同じ話を何度も何度も鬱陶《うっとう》しい」

「華ちゃん、聞こえるよー！」

全校生徒がいながら周りがいやに静かだった上、華達は比較的前方にいた。

そのせいで華の言葉はばっちり副校長に聞こえてしまったようで、今まさに話そうと演壇に立っていた副校長が激しくショックを受ける。

「え……、わしの話そんなに迷惑じゃった?」

副校長は他の教師の顔を窺《うかが》ったが、誰一人目を合わせてくれない。

生徒達もさっと視線をそらせる者、華の言葉に同意するようにうんうんと深く頷《うなず》く者、よくぞ口にしてくれたと拍手する者もいる。言葉にする者はいなかったが、それで副校長は悟った。

「皆わしの話を楽しんでくれていると思ってたのに……」

しょぼんと落ち込んでしまった副校長が使い物にならなくなってしまったため、急《きゅう》遽《きょ》代理として脳筋でお馴《な》染《じ》みの体育教師が壇上に立った。

「あー、副校長が落ち込んでしまったので、俺から説明するが……。その、なんだ、副校長は現役時代ものすごい術者として活躍した人生の先輩でもあるんだから、もう少ーし優しく海のように広い心で話を聞いてさしあげなさい」

その言葉が逆に副校長を傷つけている気がするが、誰もツッコんだりしなかった。

副校長を窺うと、しょんぼりしながら校長に慰められている。

「ほらあ、華ちゃんのせいで副校長先生落ち込んじゃった」

「いや、そんなつもりじゃなかったんだけど」

さすがの華も悪いことをしたと反省した。ほんのちょこっとだけだが。

壇上では、仕切り直すように体育教師が咳払《せきばら》いをして生徒達の注目を集める。

「今日は今度行われる学祭について少し話したいと思う」

体育教師の口から発せられた『学祭』という言葉に、生徒達が浮き立つのが分かる。

華だけは首をひねっていた。

「ねえ、鈴。学祭ってなんだっけ？」

「華ちゃん、それ去年も言ってたよ。華ちゃんってば興味ないことにはほんとに無関心なんだから」

プンプンと怒っているが、鈴が怒ってもまったく怖くない。

「ごめんごめん」

謝ってはいるが、華があまり悪いと思っていないのは誰の目にも明らかだった。

「学祭は、毎年黒曜の第一学校から第五学校の五つの学校が合同で行うお祭りだよ」

「そんなのやってたっけ？」

「華ちゃんはめんどいって毎年参加してなかったから覚えてないんだよ」

「そだっけ？」

思い返してみるが、華の記憶の中に欠片《かけら》も残っていなかった。

「学祭は去年、第五学校で行われたの。その前は第四学校で、華ちゃんはいちいち他の学校に行くのは嫌だって言ってたの覚えてない？」

「うーん……あー、言ったような気もする……かな？」

記憶の端っこに残っているような気もするが、気がするだけだ。

「もう、華ちゃんたら」

鈴は怒りつつも丁寧に説明をしてくれる。

「合同で行われる学祭は毎年交代で取り仕切ることになってるの。今年はここ第一学校の番だから、この学校に他の学校の生徒達が集まってくるんだよ。第四や第五で行われた時には屋台がたくさんあって、ステージでショーをやったりとか、すごかったの」

「へぇ～」

「きっと今回もたくさん屋台が出て、催し物も盛りだくさんだよ」

華は少しずつ思い出してきた。

そういえば今のようにテンションの高い鈴が他の学校のことをいろいろ話して聞かせてくれていた。

屋台で売られていた食べ物には興味を抱いたが、わざわざ遠い他の学校に足を延ばすほどまでの興味は湧かなかったので、結果的に行かなかったのだ。

第四学校も第五学校も華の住む地区からは遠く離れている。

行くとなれば泊まりになると言われ、面倒くさくなったのである。

普通ならここで、学校の生徒全員が宿泊する場所を用意するのは大変だろうとなるところだ。

しかも、一つの学校だけではなく、他の学校の分もだ。

だが、そこはやはり日本を牛耳る五家の援助がある黒曜学校。

大人数を泊まらせるホテルの手配も、資金の問題も簡単にクリアしてしまう。

「今年は華ちゃんも参加するよね」

「うーん、そうね」

この第一学校で行われるなら、いつも登校しているのと変わらない。

それに、術者の学校で行われるお祭りなのだから、式神がいてもおかしくないわけで……。

華の力が知れ渡った今ならば、葵や雅も、そして嵐も一緒に楽しむことができる。

「せっかくだから楽しもうかな」

「やったー！」

鈴が嬉《うれ》しそうにぎゅうっと華に抱きつく。

華と鈴がそんな話をしている間に体育教師の話も終わり、代わりに生徒会長が壇上に上がった。

黒曜学校では、生徒会長は三年のBクラスから選出される。

Aクラスはより実践的な授業を行うために外で実戦経験を積む機会も多く、忙しくて学校にいない場合も多いからだ。

生徒会長は壇上に立つや、悔しそうに拳《こぶし》を握った。

「皆分かっていると思うが、一番大事なのは交流戦だ！　今度こそ我が第一学校が交流戦に勝ち、第四学校に泣きべそをかかせーる！」

そう言いながら拳を突き上げると、呼応するように生徒達が叫んだ。

「うぉぉぉぉ！」

「勝つぞぉぉぉ！」

「見てろよ、第四学校ぉぉぉ！」

耳をふさぎたくなるような大きな声を出しながら拳を突き上げていて、中には涙を流している者すらいる。

隣を見れば、鈴までが「やるぞー」と気合い十分に拳を天に伸ばしていた。

周囲は異様な熱気に包まれ、華だけが置いてけぼりを食らっている。

「なに、これ？」

唖然《あぜん》としていると、壇上に望が上がってきて、生徒会長からマイクを奪い取った。

この異様な空気に感化されているのか、目が据わっている。

「いいか！　敵は第四学校のみ！　他に目を向ける必要はない。次に交流戦で優勝するのは俺達だ！」

熱血漫画の主人公のようにやる気をみなぎらせている望を見て、華は鈴に問う。

「ねえ、鈴。交流戦ってなに？」

「やっぱり華ちゃん知らないんだぁ～」

呆《あき》れた様子で鈴は華に説明する。

「交流戦はその通り交流戦だよぉ。五つの学校からそれぞれ選抜された選手が、交流の名目で術者としての実力を競い合うの。うちの第一学校は長いこと優勝し続けてたんだけど、ここ二年は連続して第四学校に負けちゃって準優勝なんだ。それで皆、優勝を奪還しようって躍起になってるの。特に一ノ宮さんは一年生の時から選抜メンバーに入ってたから、悔しさもひとしおなんだと思うよ」

「なるほど」

分かりやすい鈴の説明で理解できた。

ここ二年となると華が入学した年からということになる。

望を始めとした今の三年生は自分達が入学した年から優勝を第四学校にかっさらわれてしまったというのだ。

「第四学校の人達ったら、第一学校は一気に落ちぶれたなとかって、一ノ宮さんの目の前で聞こえよがしに大笑いするんだよ。ほんとに性格悪いよね」

「それを聞いた望が簡単に煽《あお》られてる姿が目に浮かぶわ」

いや、朔に対して引け目を感じていた当時の望ならば、逆に落ち込むかもしれない。

華のいる位置からでも感じる、望の並々ならぬやる気の理由が分かった。

「それにしてもよくもまあ、一ノ宮の直系相手にそんなこと言って無事だったわね、その生徒達」

華ですら、朔という確かな後見がなければ、五家の直系に対して不遜《ふそん》な言葉なんて吐けない。

五家ともなると、人一人の人生を小さな虫を駆除するようにプチッと簡単に潰《つぶ》してしまえるのだ。

「確かにそうなんだけど、あっちには四ツ門のご令嬢がいたから大事にはならなかったんだよね」

「四ツ門のご令嬢？」

「四ツ門牡丹さんって方」

「ん？……あー」

どこかで聞いた覚えがあるなと間が空いた華だったが、すぐに思い出した。

先日フルコースを食べに行った時に、朔と雪笹に話しかけてきた女の子だ。

彼女も四ツ門の次期当主候補という話なので、優勝したことも重なり、周囲の生徒も気が大きくなっていた可能性が高い。

望も四ツ門といさかいを起こしたくなくて、第四学校の生徒からあからさまに喧嘩《けんか》を売られても引いたのだろうか。

まあ、どんな理由にしろ、華にはまったく関係がない。

初対面の時に牡丹に睨《にら》まれたことなど華はすっかり忘れていた。

「選抜メンバーは基本的にAクラスから選ばれるんだよ。華ちゃんも一緒に応援しようね！」

「えー、私は屋台を食べ歩きする方がいい」

鈴は気合い十分だったが、華はどちらの学校が勝とうがどうでもいい。

周囲の関心とは反対に、興味は皆無である。

「どんな屋台出るのかな」

「華ちゃ～ん」

食べ物のことしか考えていない華に、鈴が呆れと不満の混じった声を上げるが、華は無視した。

その間も望は壇上で、打倒第四学校を訴えている。そして……。

「これが、高慢ちきな第四学校の奴らの鼻っ柱を折るために選ばれたメンバーだ」

望がそう言うと、ぞろぞろと幾人もの生徒が壇上に上がっていく。

どうやらこの生徒達が交流戦で戦う選抜メンバーのようだ。

興味皆無だった華だが、その中に見知った顔を見つけて表情が変わる。

「あ、葉月」

選抜メンバーの中には葉月の姿があった。

葉月には人型の式神である柊《ひいらぎ》がいる上、成績もAクラストップなのだから、選抜メンバーに選ばれるのは当然と言えば当然である。

他にも桔梗と桐矢《きりや》の姿まであり、二人を見つけた周囲がざわついた。

「メンバーの中に、二条院の次期当主候補二人もいるじゃん！」

「あの二人、元は第二学校の生徒でしょう？　去年とかも第二学校の選抜メンバーで出てたじゃない。いいの？」

「第二学校に喧嘩売ってるようなもんだよな」

「でも、それで第四に勝てるなら文句ないだろ」

「確かに、手段なんて選んでられねえよ」

転校してきた双子が選抜メンバー入りすることに困惑する声もある中、それで勝てるなら関係ないと歓迎する声が多数だった。

「過去最強とも言える布陣だ。異議のある者は手を挙げろ」

望が生徒達に向かって問いかける。

誰からの否定の声もなく、沈黙でもって肯定を示すその場に、勢いのいい声が上がった。

「はい！」

その声の発生源は望の前方からではなく後方からだった。

ピシッと手を挙げ大きく自己主張していたのは、二条院の双子の片割れである桔梗だ。

いつもはオドオドしている桔梗が、今日は目を吊《つ》り上げて、いつにない気迫を発している。

「なんだ？」

望も桔梗から発言があるとは思わなかったのか、少し驚いて問いかける。

「異議ありです！」

その言葉に望は不満げな顔をした。

「どこがだ。教師陣からも太鼓判を押された人選だぞ」

「華さんを選抜メンバーに推薦します！」

ぼーっと成り行きを見ていた華は、急に自分の名前が出てぎょっとする。

「は？　桔梗ったら、なに言っちゃってんのよ！」

頼むから自分を巻き込まないでくれと焦る華の声は、残念ながら周囲の喧騒《けんそう》にかき消された。

「いや、推薦って、あいつCクラスだろ？　選抜メンバーは普通Aクラスからじゃん」

「Cクラスから選ばれたことなんてないんじゃないかしら？」

「Cクラスを選抜メンバーにするなんて前代未聞だろ。他の学校から馬鹿にされるぞ」

ざわざわする生徒達の視線が華へと向けられ、大層居心地が悪い。

主に、華がCクラスであることへの批判的な声が多く、葉月が壇上から心配そうな顔をして様子を窺《うかが》っていた。

「華さんは絶対必要です！　華さんの術者としての能力の高さは今や周知されているはずです！　どこに反対する理由があるんですか⁉」

「選抜メンバーはAクラスから選ばれるのが基本だ」

と、望が否定する。

華はもっと必死になって反対しろと心の中で応援するが、望の顔は迷っているように見える。

そこへ、桔梗が言葉を投げつけた。

「あの似非《えせ》お嬢に負けてもいいんですかっ⁉」

はっとする望に、桔梗はさらに畳みかける。

「あの高慢ちきな女に敗者の屈辱を味わわせるためには、華さんの力は絶対必要です！　手段を選んでいる場合ではありませんよ！」

そうしてビシッと望に人差し指を突きつけた。

いつになく強気な桔梗だ。

「……確かにそうだな」

なんと、反対すると思っていた望がここにきて桔梗の意見に傾き始めた。

それだけではない。周囲の生徒達もだ。

「それで第四学校に勝てるならありかも」

「Cクラスだとか気にしてる場合じゃないよな」

「俺、今年が最後の学祭だし、優勝するの見たいんだよな……」

華に向けられていた批判的な視線が、すがるような視線へと変わっていく。

「ちょいちょいちょい」

慌てるのは華である。

「人型に犬神の式神を持つ華さんがいれば百人力です！　絶対にあの女に吠《ほ》え面《づら》かかせてやりましょう！」

ぐっと拳《こぶし》を握る桔梗を止める者は誰もいない。

いつも桔梗の暴走を止めるはずの桐矢は、ぼーっと空を見ていた。

「桐矢！　桔梗を止めなさいよ！」

華が叫んだが、まったく聞こえていない。

そうしている間に華の選抜メンバー参加が勝手に決められてしまった。

「まじか……」

華は呆然《ぼうぜん》と佇《たたず》んだ。

＊＊＊

そんな波乱の全校集会があった日の昼休み。

食堂にて、華は腕を組んで怒りのオーラを溢《あふ》れさせながら、正面に座る桔梗を叱っていた。

「なに勝手なことしてくれてるのよ」

「すみません……」

しゅんと肩を落とす桔梗は、大勢の人を前にしても臆《おく》さず、みずからの主張を強く周囲に発していた全校集会の時と同じ人物には見えない。

全校集会での桔梗がおかしかっただけなのだ。

普段の桔梗は今のようにオドオドしている時の方が圧倒的に多い。

「桐矢もどうして止めてくれないのよ。こういう時の桐矢でしょうが」

思わず桔梗の隣に座る桐矢に責任を押しつけてしまうが、今回ばかりは愚痴らずにはいられない。

「空見てたらいつの間にかそんなことになってた。雲雀《ひばり》に似た雲があったんだ。写真撮ればよかった……」

相変わらずの不思議ちゃんである。

桐矢にはなにを言っても無駄だと、華は早々に諦《あきら》めた。

「……勝手なことをしたと思いますけど、仕方ないんです～！　似非お嬢を泣かすためには華さんがいないと……」

目をウルウルさせて上目遣いで訴える桔梗。

庇護《ひご》欲を誘う姿ではあるが、そんなことぐらいで絆《ほだ》される華ではない。

「いいから、今すぐ選抜メンバーから外すように言ってきてよ」

交流戦に参加するなど冗談ではない。

あきらかに面倒くさそうなイベントに進んで参加したいとは思わない。

しかも内容が内容だ。

術者の能力を競うなどと、力を隠しながら平穏な生活を望む華の願いとは真逆の行動ではないか。

葉月のためにと力を隠すことを止め実力を見せた華だったが、毒親であった両親がいなくなった今となっては、再び凡人の中に埋もれられるものなら埋もれたいと考えていた。

華が力を発揮した場面を見たのは、この第一学校の関係者ぐらいのもの。

まだ間に合うはずと、華は思っている。

学校卒業後は一ノ宮グループの系列会社で定年まで働き、契約結婚の対価として朔からもらった十億で、老後は悠々自適に田舎で式神達と暮らすのである。

華の当初からの願望はブレていなかった。

そのために、五つの学校の生徒が集まってくるような大きなイベントで、大勢の観衆の前で力を使うわけにはいかない。

葵や雅、犬神である嵐の存在はもう隠しようがないが、みずから表舞台に出ようとは思わない。

「うぅ。お願いします、華さ〜ん」

半泣きで頼まれるが、華は首を縦には振らない。

「絶対に出ないからね」

「似非お嬢の鼻っ柱をボキボキに折ってやりたいんですぅ」

「や、だ」

桔梗の泣き落としにも華は負けなかった。

「似非お嬢に対抗できるのは華さんしか考えられないんです。お願いします！」

もはや半泣きを通り越して今にも涙がこぼれ落ちそうな桔梗の姿に、華は虐《いじ》めているような気分になっていたたまれなくなってくる。

それでも、やりたくないものはやりたくないのだ。

「私は嫌よ」

頑《かたく》なに断っていると、華の隣で静かに成り行きを見守っていた葉月が口を挟む。

「華。私からもお願いよ。華がいてくれたらすごく助かるの」

「うっ……」

葉月から強い眼差《まなざ》しで懇願され、華は言葉に詰まる。

以前の華なら、即決で断っていただろう。桔梗にそうしたように。

しかし、幼少期、華が術者としての能力がまだ弱かった頃、養子に出されようとしていたことを知った。

そこを葉月が人身御供《ひとみごくう》のようにみずからを犠牲にすることで華を助けてくれていたのだ。

ずっと知らずにいた葉月の優しさ。

それを知った今、華は葉月に強く出られない。

こんなに必死な様子でお願いされたら余計にだ。

「うーん……」

前と横からすがるように見つめられ、華はどうしたものかと困る。

そこへ、望がやって来た。

「おい、選抜メンバーに選ばれたからには死ぬ気で気合い入れろよ」

あまり自分から話しかけてこない望がわざわざ華に声をかけにくるとは、どれだけ交流戦に力を入れているのか。

しかし、勝手に期待されても困ると、華は一言返す。

「いや、まだやるって言ってないんだけど」

「やらない気か!?」

「駄目ですよ！　似非《えせ》お嬢を倒せるのは華さんぐらいなんですから！」

さっきまで半泣きだった桔梗が涙をどこかに飛ばして興奮し始める。

「……というか、さっきから桔梗が言ってる似非お嬢ってなんなの？」

「似非お嬢っていうのは、第四学校のエースである、四ツ門牡丹のことです」

「いや、四ツ門のお嬢様なら全然似非じゃないじゃないの」

むしろお嬢様の中のお嬢様ではないかと思ったが、華のツッコミに桔梗はぷいっと顔をそむけた。

「この間会ったけど、桔梗よりお嬢様してたわよ」

「ひどいです、華さん！　あんな外側だけの似非お嬢と私を比べるなんて心外です！私の方がずっと五家のお嬢様らしいでしょう⁉」

「ノーコメントで」

すぐに涙を浮かべる桔梗に、華はコメントを控えた。

「桐矢ぁ～」

「よしよし」

桐矢に慰められる桔梗を横目に、華は葉月に問う。

「四ツ門のお嬢様はそんなに強いの？　ていうか術者の能力を競う交流戦ってなにするの？」

「いろいろ部門があるの。結界の強度を競ったり、妖魔《ようま》を倒す時間を競ったり、他には作った呪具《じゅぐ》のクオリティを競う部門とかあって、呪具の作製に関してはここ二年ほど桔梗さんが優勝してるの」

「へぇ」

それは華もびっくりだが、元々桔梗と桐矢は呪具の作製を得意とする二条院の次期当主候補。

学生同士の戦いぐらいで負けているようでは候補になっていないだろう。

「だから、今回桔梗さんをうちに取り込めたのは本当にラッキーなのよね。各部門の成績で総合優勝が決まるから。第二学校からしたら、一番の戦力になる桔梗さんがいなくなって悲鳴を上げてるでしょうけど」

「鈴から聞いたんだけど、ここ二年ほど第四学校に負けてるんだって？」

まったくの他人事《ひとごと》のように話す華に、葉月も望も呆《あき》れた表情を浮かべる。

「なんで知らないんだ、お前」

「去年も一昨年《おととし》も学祭に参加してなかったからね」

「なにしてたの？」

「家でゲームしてた」

晴れ晴れとした華の笑顔に、葉月と望は深いため息を吐いた。

「華は知らないようだから説明するけど、第一学校と第四学校はいつも接戦にはなるの。でも、最後の最後でどうしても勝てなくてね」

「どうして？」

「最終種目が式神を使った対戦で、いまだに牡丹さんに勝てたことがなくて……。最終種目は得点も高いから、それまでギリギリで勝っていても、最後の最後で逆転されちゃうのよね」

そう言って葉月は落ち込んだ顔をする。それは望も同じだ。

「いつも最終種目に出てるのは誰なの？」

「各学校から二人ずつ参加するトーナメント戦なんだけど、私と望が一年生の時から出てるわ」

「葉月もいるのに負けるの？」

葉月の式神は人型である柊だ。

式神の中で位が高い人型の柊ならばダントツで優勝しそうなものなのだが、葉月の説明と様子を見ていると勝ててはいないようだ。

「柊と牡丹さんの式神とは相性が悪いのよ。それに、彼女は華と同じで複数の式神を持ってるから余計にね」

「へえ」

学生のうちから複数の式神を持っている術者は滅多にいない。

だからこそ、葉月も柊も戦い慣れていないのだろう。

「今年は俺の枠をお前に譲る。だから、しっかりあの女を仕留めるんだぞ！」

指を突きつけてくる望のなんと偉そうなことか。さすが朔の弟である。

「その通りです、華さん。いてこましましょう！」

そう言って桔梗は華の手を握った。

「なんで、望も桔梗もそんな好戦的なわけ？」

華は疑問でならない。

すると、苦笑いの葉月が教えてくれた。

「望は牡丹さんに一度も勝てたことがなくて、その度にご当主様と比べられて嫌みを言われてるの」

「あー」

華が憐憫《れんびん》を含んだ眼差しを望に向けると、望は忌々しそうに舌打ちした。

「他の第四学校の生徒もその様子を見て、一緒になって高ぶった口をききやがる。あの女がいなきゃ俺達が勝ってるはずなのに！」

ダンッと足を床に叩《たた》きつける望はかなり悔しそうだ。

華におちょくられた時にも似たような顔をするが、その時以上に強い感情を爆発させている。

「望さんだけではありませんよ。私だっていつも馬鹿にされるんです～！　呪具なんて誰でも作れるのに、なんの自慢にもならないって」

桔梗まで悔しそうにダンダンとテーブルを叩いた。

「そもそも、二条院と四ツ門とでは得意とする分野が違うのに、分かっていながら私の力の弱さを残念がるんです。呪具を作る能力じゃなく力の方が強かったら朔様の伴《はん》侶《りょ》にもなれたのにって」

朔に恋心を抱いていた桔梗にはクリティカルヒットしたことだろう。

「あの、似非お嬢めぇぇ！　うわぁぁん」

朔への想いは今や吹っ切れているようだが、それとこれとはまた別のはず。

テーブルに顔を伏せて嘆く桔梗の肩を、隣にいる桐矢がポンポンと優しく叩いているが、あまり効果はなさそうだ。

「なんか聞くにつれてやりたくない気持ちが大きくなっていくんだけど」

なにやら因縁らしきものがあるらしい。

平穏を望む華としては関わりたくない、巻き込まれたくないという気持ちが先立つ。

「お願いします、華さん！　あなただけが頼りです！」

「えー」

華はそれはもう嫌そうな顔をしたが、桔梗が逃がしてくれそうにない。

「華さん！」

「華」

「おい」

桔梗、葉月、望から向けられる圧に、華は根負けしてがっくりと肩を落とした。

なんだかんだで、華も気を許している桔梗達には弱いのである。

「はいはい、分かったわよ」

華は大きなため息を吐いて、自分の負けを認めた。

＊＊＊

その日の夜、仕事から帰ってきた朔が華の部屋に入ってきた。

「おかえりー」

「ああ、ただいま」

華はソファーに寝転がっており、朔が入ってきたからといって姿勢を正すわけでもない。

朔も気にしておらず、その様子を見るだけでも二人の親密さが伝わってくる。

そのことに華は気がついているのだろうか。

「なんか最近帰ってくるの遅いわね」

夕食の時間までに朔が帰ってこなかったため美桜と望の三人で食事をしたが、それは今日だけではなく、ここ数日続いていた。

当主である朔は比較的屋敷にいながら指示を出すことが多いため、何日も夕食を一緒にしないのは珍しかった。

華がこの一ノ宮の屋敷にやって来た当初はほぼ姿が見えなかったが、あの時は結婚式の準備や当主になったばかりでたくさんの仕事を抱えていたせいなので仕方ない。

「……もうすぐ学祭があるからな」

一瞬朔の雰囲気がおかしかったように思ったが、気のせいかと華はそのまま触れずにおいた。

「学祭が朔に関係あるの？」

「当然だ。一ノ宮の管轄内で行われる行事なんだから、俺が主導となって指示を出す必要がある。学祭当日は他家の有力者や術者協会のお偉方も交流戦を目当てに大勢来るからな」

「交流戦ってそんなに人が見に来るの？」

「当たり前だ。メインイベントだぞ。というか、学祭自体が交流戦のために行われるものだ」

「うわー」

華は安請け合いしたことを早々に後悔する。

今から辞めると言えば間に合うだろうかと。

「なんだ？」

「私、交流戦の選抜メンバーに選ばれちゃったのよねぇ」

「聞いた。帰ってきて早々に望が嬉《うれ》しそうに話に来たからな。今年も選抜メンバーに選ばれたってことと、最終種目は華に譲ったってことを」

「ブラコンめ」

きっと選抜メンバーに選ばれたから、朔に見に来て欲しいと暗に伝えるために違いない。

褒めて褒めてと主人に尻尾《しっぽ》を振る犬の姿が望に重なる。

「まさか華が選抜メンバーを引き受けるとは思わなかったな」

「私だってやるつもりなかったわよ。だけど、桔梗からも葉月からもお願いされちゃったんだもの。あー、どうしようかな。桔梗も葉月も私が本気で戦うのを望んでるみたいだけど、本気でやると面倒くさいことになりそう……」

不満そうに唇を突き出す華を見る朔が、クスリと笑う。

その表情は柔らかく、楽しげだ。

「文句を言いつつ受け入れるんだから、お前もお人好《ひとよ》しだな」

「馬鹿にしてる？」

ムッとする華に近づくと、朔は寝転ぶ華の頭をポンポンと優しく撫《な》でる。

「いや、ずいぶんと肩の力が抜けたなと思っただけだ。初めて会った頃は、周りは全員敵だと言わんばかりに冷めた目をしていたからな」

「……そんなことないわよ」

「いいや、トゲトゲしていたぞ。実際、少し前のお前なら、どれだけ頼まれようと人前で力を使うような状況になるのを受け入れたりしなかったはずだ」

「それは……」

否定できず、華は言葉に詰まる。

確かに朔の言う通りだからだ。

こちらに利益のないお願いなど、なにがなんでも受けなかっただろう。

「……私、そんなに変わった？」

華自身はあまり変わったとは思っていないのだが、朔から見るとそうではないようだ。

「前に比べたらな。いい傾向だと思うぞ。本番は好きに暴れてこい。後は俺が守ってやる」

再度ポンポンと撫でる朔の手つきは優しく、華をむず痒《がゆ》くさせる。

もし変わったと言うのなら、一番影響を与えているのは朔ではないかと思うから。

「朔と出会ってから、華自身も華の周りも変化し始めたような気がする。

朔と会ってなかったら今頃私はなにをしてたんだろ」

ふと、そんな思いが口から出た。

「そんなこと考えるだけ無駄だ」

「なんで?」

不思議そうに見上げる華に、朔は不敵に微笑んだ。

「俺がお前を見つけたのは偶然じゃなく必然だからな。たとえあの公園でお前を見つけていなくても、別の状況で俺は必ず華に興味を持つことになっていたさ」

自信満々に告げるその言葉はどこにも疑いを持っておらず、ストレートな愛の表現に、華は急激に恥ずかしくなった。

「馬鹿!」

それだけしか言い返せず恥じらう華の様子に、朔は「くくくっ」と楽しげに笑った。

華を見るその目は愛《いと》おしいと言わんばかりに優しく、華は直視できずに近くにあったクッションを取って顔に押し当てた。

「華、もう素直になれ。俺に惚《ほ》れてるだろ? 前に好きと言った言葉を忘れてないからな」

「う、うるさいー!」

絶対口にしてやるものかと、頑《かたく》なになって華は怒鳴るが、その言葉に威力はない。

ただ朔を喜ばせるだけだ。

朔は寝転ぶ華の髪を弄《もてあそ》ぶようにくるくると指に絡めて、華の反応を穏やかな眼差《まなざ》しで楽しんでいた。

＊＊＊

仕方なく選抜メンバー入りした華は、放課後にメンバーが集まる会議に参加した。

普通にサボる気でいたのだが、桔梗に先回りされ捕獲されてしまったのだ。

桔梗の気合いの入りようといったらない。

会議は望が仕切っており、桔梗に勝るとも劣らない気合いを見せていた。

牡丹に対する並々ならぬ闘志は、言葉にせずとも暑苦しいほどに伝わってきて、華はげんなりする。

望や桔梗と同じ熱量で頑張るのはとてもできそうにない。

他のメンバーも望や桔梗に感化されており、もはや打倒牡丹の会のようになっていた。

選抜メンバーは一年生から三年生まで含まれるが、初めての学祭である一年生以外は第四学校に対して思うところがあるらしく、気合いの入りようがすさまじい。

華はどちらかというと初参加で困惑気味の一年生と同じ状況だ。

「帰りたい……」

「そんなことしたら、後で望にネチネチ文句を言われるわよ」

華が嘆くと、隣に座る葉月に止められた。

「葉月は冷静ね」

葉月も一年生の頃から選抜メンバーに入っており、交流戦の最終種目では牡丹と毎回戦って負けているそうだ。

「葉月は例の四ツ門のお嬢様から被害を受けてないの？」

「被害と言われれば、確かに彼女から嫌みを言われた経験はあるわ。人型の式神がいても術者が無能なら無意味ですわねとか」

「うわぁ」

言いたい放題だなと、華はある意味牡丹に尊敬を覚えた。

それだけ口撃できるのは、自分によっぽどの自信があるからなのだろう。

実際に彼女は試合で負けなしのようだ。

「怒らないの？」

「相手は四ツ門の直系の方よ。しがない一分家の娘でしかない私が文句を言える人じゃないもの。実際に彼女に負けているわけだし反論できないわ」

「五家だもんねぇ。それは確かに最強の手札だわ」

桔梗と望があれだけ怒りを表に出せるのは、二人が同じ五家直系の人間だからである。

他の生徒は確かにやる気満々ではあるが、牡丹に対する文句や悪口は言っていない。

そこはやはり、五家という立場を考慮しているようだ。

ちゃんと理性は残っているようで少し安心する。

「彼女はうちだけじゃなく他の学校からも反感を買っているみたいだから、いつか誰かが爆発しないかいつもハラハラするのよね。華も喧嘩《けんか》を売られないように気をつけて」

「ますますやる気がなくなるわね」

逃げられるものなら逃げたいが、葉月と話をしている間になにやら会議は一層の盛り上がりを見せていた。

「こっちには人型が三体と犬神がいるんだ。絶対勝てる！　というか、死ぬ気で勝てよ、華！　負けたら一ノ宮の敷居を跨《また》げると思うな！」

「望の奴め、言いたい放題ね」

苦い顔をする華をよそに、周囲の生徒の士気も高い。

「犬神がいるんだから絶対いけるよな！」

「今度こそうちが優勝しないと、過去優勝してきた卒業生に申し訳が立たないものね」

「俺は去年からこの交流戦に賭《か》けてるんだ！　頼むから頑張ってくれぇぇ」

華を拝む者もいて、華はやれやれとこめかみを押さえる。

「これで私が負けたらどうなるか……」

「責任追及されて、学校中の生徒に血祭りにあげられちゃうかもね……」

そう口にしてから、葉月が沈黙する。

「葉月、自分で言っておいて本気で怖がらないでよ！」

「だ、だって、容易に想像できちゃったんだもの」

動揺する葉月に、華も焦りを見せる。

「ヤバい。これは負けられなくなったわ」

最終種目に参加するのは華と葉月。

総合優勝するためには、どちらも上位に残る必要がある。

「トーナメント戦だから後半まで牡丹さんに当たらないことを祈りましょう」

「ほんとね」

「あ、でも、第四学校にはもう一人要注意人物がいるわ。牡丹さんといつも一緒に行動している、四道星蘭っていう子なんだけど、彼女もかなり強いから気をつけて。古くから四ツ門に仕えている家の出身なの」

「四道星蘭か……」

華は、牡丹に会った時に一緒にいた子を思い出す。

牡丹の印象が強烈すぎて、影の薄い星蘭の顔をあまり覚えていなかったが、凜《りん》とした所作の綺麗《きれい》な子であったのはなんとなく覚えていた。

「それに彼女のお兄さんは漆黒最強とまで言われているほどすごい術者でね。きっと血筋ね。四道は四ッ門の懐刀とも呼ばれているから」

「ふぇぇ。最強ってことは朔よりもっと強いってことよね？」

「ええ、たぶん」

それはすごいと、華は感心した。

「どんな人だろ」

最強とまで言われている人間がどんな人なのか、華は気になった。

＊＊＊

華達が会議に出席している頃、朔は屋敷にて報告を受けていた。

室内は緊張したように張り詰めており、楽しい話でないのは誰の目にも明らかだ。

実際、とても笑えるような内容ではなかった。

上座に座る朔の向かいには、柳の姿がある。

背筋を伸ばし正座する柳は漆黒の次に強い位である瑠璃《るり》色《いろ》の四色。

首には四色の術者を表す瑠璃色のペンダントがつけられている。

最年少で瑠璃色を手にした柳の記録は今なお破られてはいない。

それは朔ですら不可能だった偉業だ。

しかし、柳の記録を塗り替えることはできなかったものの、先に漆黒になったのは朔であり、柳はいまだに瑠璃色のまま。

それだけ漆黒という名は重く、なるのが難しいのだ。

そんな柳の隣には柳と同じ年頃の男性が座っている。

少しクセのある黒い髪。

無表情で人によっては不機嫌そうに受け取られる柳とは対象的な、優しげで人当たりのよさそうな顔立ち。

そして、朔に負けず劣らずの整った容姿をしている。

彼の名前は四道葛《かずら》。

朔と同じ漆黒の術者であり、言わば朔の先輩だ。

そんな三人が難しい顔で真剣に話し合っていたのは、彼岸の髑髏に関して。

「彼岸の髑髏は全員駄目だったのか？」

朔の問いに、柳は表情を変えることなく頷《うなず》く。

「はい。すぐに異変に気がついた監視人が対応しましたが、全員そのまま亡くなりました」

　朔の顔が険しくなる。

　先日、捕縛していた彼岸の髑髏の一味が全員死んでしまったことが問題となっていた。

「原因は？」

「警備はしっかりされていました。その中で全員が死ぬとなると、呪いの類《たぐ》いだろうと判断されます」

「だろうな。俺も同意見だ」

　朔は柳の意見を否定せず、次に葛へと目を向ける。

「葛、お前はこれをどう見る？」

　術者の経験も能力も年齢からしても、葛の方が上ではあるが、一ノ宮当主である朔の方が立場が上になるので、必然と言葉遣いもそれにふさわしいものになる。

「他に仲間がいたのかと。もしくは捕まえた一味はただの下っ端だった可能性もあります」

「口封じか……」

「ええ」

「呪いならばお前の十八番《おはこ》だろう？　なにか分からなかったのか？」

「残念ながら」

葛は苦笑を浮かべながら首を横に振る。

「漆黒最強の名が泣くぞ」

朔は不遜《ふそん》な態度で、葛へと文句を言う。

八つ当たりのようなそれに、葛は困ったように眉《まゆ》を下げる。

「無茶を言わないでください。私とて万能ではないのですから。そもそも漆黒最強などと、私には不相応な呼び名ですよ」

「謙虚は過ぎれば嫌みだぞ。お前以上の術者がいるならここに連れてこい。俺が直々に判断してやる」

自分の能力に確固たる自信がある俺様な朔には珍しく、葛の能力を大きく評価していた。

朔が到底かなわないと負けを認めざるを得ないほどの実力者。

それが葛だ。

それなのに、本人は朔のように偉ぶることなく、控えめな性格だった。

「一ノ宮のご当主にそれほどの評価をいただけて光栄です」

ほわほわと、周りの心を柔らかくする空気を発する葛は、知らぬ者であれば最強という言葉とは無縁の穏やかさがある。

呪いを得意としているというところも、葛の雰囲気からはかけ離れていた。

けれど、その能力の高さは本物で、葛の戦いを見た者は、葛の第一印象に騙《だま》されて侮っていても、すぐに己の愚かさを知らしめられることになるのだ。

「もっとお前は偉そうにしてもいいと思うぞ。それだけの実力があるんだからな」

「十分していますよ。それに、そもそも私は四道の家の者ですので、私の実績は四ツ門のものですから」

「まったく、お前が一ノ宮の人間でないのが惜しいな」

「一ノ宮には柳がいるではありませんか」

名前を出された柳は苦虫を嚙《か》み潰《つぶ》したような顔をする。

「葛様と俺を比べないでください。天と地ほどの実力差があるのですから」

「そんなことないと慰めてやりたいんだが、余計にプライドを傷つけるだろうから、見え透いた嘘は吐けないな」

と、朔も柳と同じような苦い顔をした。

「おっしゃらなくて構いません。それより彼岸の髑髏の件です」

「ああ、そうだな」

柳に注意されて朔は脱線していた話を戻し、表情も真剣なものへと変わる。

「一応ボスを捕まえ、本人もボスだと言っていたから全員捕まえられたと思っていたんだが、奴らのあまりの弱さはずっと気になっていたんだ」

　こくりと柳と葛が頷く。

「いくら華が強かったとはいえ、そんなやすやすと倒される者が、セキュリティの強固な協会本部から呪具《じゅぐ》を盗めるとは思えない。そして、今回の件を考えると、トカゲの尻尾《しっぽ》切りをされたと考えるのが妥当か」

「彼岸の髑髏は、結局どうやって本部に侵入したか話していないのですよね？」

　葛が問うと、朔は肯定した。

「ああ、そこに関しては全員が頑《かたく》なに口をつぐんでいた」

　朔はちっと舌打ちする。

「一昔前なら多少手荒なことをしてでも吐かせたのに、最近は人権がなんだと協会の奴らがうるさいからな。こんなことになると分かっていたら関係なく実行しておくんだった……」

　朔は彼岸の髑髏のボスが生きていたら裸足《はだし》で逃げ出すほどの恐ろしい表情を浮かべ、柳と葛は口元を引きつらせた。

「まあ、終わったことを今さら言っても仕方ない。彼岸の髑髏の背後に誰がいたのか。そいつが、今回の彼岸の髑髏の一味の死と関係しているのか、柳と葛主導で調査してくれ。呪いが使われたとなると、葛の得意分野だからな」

「かしこまりました」

「承知しました」

朔の命令に、柳と葛は頭を下げた。

三章

朝、目を覚ますと朔に抱きしめられていた。

最初の頃こそ大騒ぎしていた華だったが、今や日常となりすぎて、またか……という諦《あきら》めの気持ちしか浮かんでこない。

夜寝る時は、使用人がありがた迷惑にもぴったり隣り合わせに敷いてくれた布団をわざわざ離して別々に寝ているのに、朝になると同じ布団で寝ているのだから謎である。

華は一度寝ると朝まで目が覚めないたちなので、途中で朔が入り込んできてもまったく気がつかない。

ここで葵が止めに入って来てくれればさすがに葵の叫び声で起きるだろうが、無駄に能力の高い朔が部屋に結界を張って式神が入ってこられないようにするものだから、今や葵も諦めている。

あまりうるさくしすぎるとその場に椿が現れるので、椿を苦手としている葵も学習したようだ。

雅も部屋から追い出されることを苦々しく思っているようだが、華が助けを求めない限りは傍観するつもりらしい。

しかし、いつでも踏み入れるようにピコピコハンマーを持ち、式神の中で唯一朔の結界を壊せる力を持っている犬神の嵐と共に部屋の前で待機していると、あずはが華に教えてくれた。

付き合わされる嵐に申し訳なく思うが、優しい嵐は文句一つ言ったりしない。

そんな式神達の一方で、当の華はというと、身動きが取れないほどくっついている朔の存在に違和感を覚えなくなってきている。

むしろ抱きしめる朔のぬくもりに心地よさすら感じ、再び目を閉じようとして華ははっと我に返る。

「いやいやいや、毒されるな、私」

夫婦とはいえ契約婚。

なにを落ち着いているのか。

「男女がこんなにくっつくなんて不健全だ！」

「十分健全だろうが」

華が顔を上げると、寝ていると思っていた朔が不敵な笑みを浮かべていた。

いったいいつから起きていたのだろうか。

「起きてるなら離してよ」

「待て、もう少し」

そう言って華の首元に顔を押しつける。

朔の吐息が首にかかり、くすぐったいようなその感覚に華は「ぎゃあぁぁ」と、とても乙女とは思えない声を発した。

「どうして朝になるといつも一緒に寝てるのよ！　夜は別々の布団を使ってたはずなのに」

「夫婦が一緒に寝るのは当たり前だ」

華の方が間違っていると言わんばかりの堂々とした態度だ。

「勝手に当たり前にするな！」

バタバタと暴れるが、悲しいかな男女の力の差はどうにも埋められない。

「だが、まあ、たしかに不健全だな」

すると朔はするっと体勢を変えて華を押し倒すように上になる。

「華の希望通り健全なことをするか」

「な、なにするのよ」

華の勘が危険信号を発していたが、聞かずにはいられなかった。

「夫婦が布団にいてすることは一つだろう？」

意味ありげにニヤリと笑うその表情に、華の危険信号は黄色から赤へと変わり、ものすごい勢いで点滅した。

「ひぎゃあぁぁ！　雅雅雅!!」

このままでは食われる！　と本気で身の危険を感じた華が叫ぶ。

すると、パリンという音と共に朔の結界が壊れた。

そして、ピコピコハンマーを持った雅が押し入ってくる。

「主《あるじ》様、大丈夫ですか!?」

「雅ぃぃ」

助けを求める華を見て、迷わず朔に狙いを定め、ハンマーを振り下ろした雅だったが、軽くかわされてしまった。

雅の一撃を避けるとはさすが漆黒、と感心している余裕はない。

だが、雅の攻撃は華から朔を離すことには成功したようだ。

「主様、このケダモノは私が成敗しますからね」

ピコピコハンマーを素振りしてやる気満々の雅は目を吊《つ》り上げる。

ちっと舌打ちする朔は、雅の後からのんびり入ってきた嵐に目を向けた。

「こら、嵐！　俺の結界を壊すな」

『だが、以前に華からすぐに助けてくれと言われたのでな。式神として主人の命令には従うべきだろう？』

「どいつもこいつも夫婦のスキンシップを邪魔しやがって」

不満いっぱいの朔であるが、華は助かったとほっとした。

「主様への悪行の数々、さすがに目にあまりますね」

ジリジリと雅がピコピコハンマーを構えながら朔に近づく。

一触即発の空気だが、朔は余裕の表情だ。

「屋敷内でそれを使うのは母上に禁止されてるだろ。後で怒られるのはお前の大事な華だぞ？」

「ぐっ」

痛いところを突かれたというように雅が眉間《みけん》に皺《しわ》を寄せる。

「確かに朝からお義母《かあ》様に怒られるのは勘弁。雅、ストップ」

「主様ぁ」

華に止められて雅は消化不良だと不満を訴えるように眉尻《まゆじり》を下げたが、華の命令は覆らない。

しぶしぶピコピコハンマーを消して、下がった。

「主様、私が必ずお守りいたしますからね！」

そう言って華に抱きつく雅を、華は「はいはい」とおざなりになだめる。

その様子を朔は苦虫を噛《か》み潰《つぶ》したような顔で見ていた。


その後、お互い支度を終えた華と朔は朝食の場へと向かうべく廊下を歩いている。

その間に交わされるのは、朝の出来事。

「まったく、お前の式神は過激にも程がある」

「誰のせいだ！　誰の！」

朝から騒がしくツッコむ華とは違い、朔は邪魔された不満もあってかテンションが低い。

「夫婦なんだからあれぐらいの触れ合いは常識の範囲だろ」

「夫婦だろうと同意は必要でしょうが！」

「なるほど。夫婦であることに異存はないんだな？」

ニヤリとする朔を見て、華はみずからの失言を悟る。

「後は同意があればいいというわけか？」

「ち、ちがっ！　言葉の綾《あや》よ」

慌てて立ち止まる華だが、朔の笑みはより一層深くなる。

「朔！」

華が顔を赤くしながら追いかけるが、朔はまったく聞いてやしない。

ぎゃあぎゃあ騒ぎながら食事の席に着いた華も、美桜の前ではさすがに大人しくする。

一見すると冷たい雰囲気の美桜はその見た目通り礼儀には厳しいので、食事の席で大騒ぎすればお叱りを受けてしまう。

それは朔も同じであり、美桜の前では大人しい。

だからといって、美桜が冷たい人間というわけではなく、ただのツンデレなだけで、優しい面を持っているのを華はちゃんと分かっている。

ただ、それが表に出にくいだけだ。

けれど、一ノ宮の当主の妻ともなると、それぐらいの冷静さと厳しさで、みずからを覆わなければならないのかもしれない。

今のところ華が学生ということもあり、一ノ宮の家を取り仕切っているのは美桜であるが、本来なら現当主の妻である華がすべきことだ。

しかしながら、美桜のように家の中を円滑に回すなどできるとは華も思っていない。

そんな教育は受けていないのだから。

このまま美桜が仕切ってくれればいいのにと思っている華だが、美桜は華が卒業した暁には奥向きのことをみっちりと仕込むつもりらしい。

以前、美桜がそんなことを口にした時には、華は顔を引きつらせた。

絶対に避けたい華は、朔と離婚できるのが先か、卒業するのが先かとヒヤヒヤしている。

このままでは確実に美桜とのマンツーマンの講義が避けられない。

今すぐにでも朔に離婚届を叩《たた》きつけるか悩むところであるが、華もこの一ノ宮での生活にどっぷりと浸《つ》かり、居心地のよさを感じているために、躊躇《ためら》いがないと言ったら嘘になってしまう。

朔と離婚し、普通の一般人として働き、ごくごく普通の老後を送る。

今もその気持ちに変わりはない。

変わりはないのだが……、心のどこかで待ったをかける自分がいるのを華は感じていた。

本当にそれでいいのかと問うてくるのだ。

術者とは関わりのない生活を望んでいるはずなのに、朔と共にいればいるほど離れがたくなっていく。

自分の気持ちが分からなくなる。

華は複雑な心を自覚しつつ、その度に術者とは関係のない生き方をするのだと、自分に言い聞かせた。

グダグダと考えるのは自分らしくないと、華は迷いや躊躇いをどこか遠くへ放り投げ、目の前の食事を楽しむことにした。

基本は楽観的なので、目の前に食事を並べられると頭の中は食べ物のことでいっぱいになるのがなんとも華らしい。

一瀬家ではいつの間にかなくなっていた、家族が集まっての食事。

その最中《さなか》、朔が改まったように華達に告げた。

「三人に話しておくことがある」

真剣な声色に、華と美桜と望は手を止めて朔に目を向ける。

「まだおおやけにされてはいないが、捕らえていた彼岸の髑髏の一味が全員亡くなった。自然死じゃない。状況から、恐らく何者かに殺されたと思われる」

「監視付きだったんじゃないの!?」

華は身を乗り出す。

確保した後の彼岸の髑髏の処遇を、簡単にだが華は聞かされていたため、術者協会で監視下にあると知っていた。

それはこの場にいる美桜と望も同じだ。

五家に支配されている国を解放するという名目で活動していたテロリストだったので、一ノ宮の当主家族である華、美桜、望は一番に狙われる可能性が高かった。

注意喚起のためにもある程度説明がされていたのだ。

「全員死んだって……」

さすがの華もそれは予想外だ。

彼らは危険な思想を持った犯罪者なので、罰を与えられて当然と考えていたが、死んで嬉《うれ》しいとまでは思っていない。

素直にショックであり、華の顔は強《こわ》ばっている。

「監視人の前で次々死んでいったんだ」

息を呑《の》んだのは、華と望。

美桜はさすが経験値の違いか、ほとんど表情を変えることなく朔に問いかけた。

「原因は分かっているのですか？」

「恐らく呪いかと」

「なるほど」

落ち着いた様子を変えない美桜は、なにかを納得したようにゆっくりと瞬《まばた》きをする。

それ以上の質問をしない美桜を見てから、朔は華と望に目を向けた。

「犯人は調査中だ。彼岸の髑髏の一件に関しては元より不明点も多かった。奴らが協会本部へ侵入するための手引きをしたという二条院に属する術者も、行方が分かっていない。奴らを殺したのがその術者なのか、奴らの仲間なのか、第三者なのかはこれから調べていく。だが、彼岸の髑髏の仲間となると、五家の人間への敵意があるはずだ。だから念のために警戒は忘れないでくれ」

「また協力することになりそう？」

これまで何度も朔の手伝いをしてきたので、今回も協力を頼まれるのかと身構える華だったが、予想に反して朔は即座に否定した。

「いや、むしろ今回は絶対に手を出すな」

強い口調で反対され、華は目を丸くする。

「なんで？」

「華さん。死因が呪いというならば、協会にすら属していないあなたの出番ではありませんよ。望、もちろんあなたもです」

厳しい声で美桜に窘《たしな》められる。

「母上の言う通りだ。呪いの知識のない者が手を出していい件じゃない」

呪いはその危険さから、三色以上の術者でなければ教えられない。

学生である華と望は、当然呪いに関しては無知だ。

そんな華が首を突っ込んでも、足を引っ張りみずからを危険に晒《さら》すだけ。

今回ばかりは自分の出番はないようだと、華も納得した。

「大人しくしておくんだぞ」

「うん、分かった。けど、気をつけてよ」

「ああ」

呪いというものが分からないからこそ、朔が心配になる。

けれど、朔とて漆黒を持つ五色の術者なのだから、そう簡単にやられはしないだろう。

面倒なことにならなければいいがと懸念しつつ、彼岸の髑髏に関してはそこで話は終わり、それからは普段通りの会話へと変わった。

＊＊＊

学校では学祭の準備が着々と進んでいた。

それに従って生徒達が浮き立っていくのを肌で感じる。

学祭というので生徒達が展示や出店などの準備をしなければならないのかと思ったが、一ノ宮当主の命令でお抱えの業者が手配されているので不要らしい。

一ノ宮の当主、つまり朔である。

学校のイベントなので一ノ宮は関係ないだろうと思っていたが、第一学校を運営、支援しているのは一ノ宮家なので、朔の主導で学祭の準備は進められていた。

それは他の学校で行われる場合でも同じで、五家の当主が学校と協力して来場者をもてなすための準備をするのだ。

一ノ宮当主の手腕が問われる、朔が当主になって初めての大きなイベントとなる。間違っても不備があって、若い当主だからと舐《な》められるわけにはいかないと必死のようで、朝から晩にと忙しそうにしている朔を目にしていた。

けれど、一ノ宮の家のことなどなにも知らない華が手伝えるものはなにもなく、美桜が朔の足りないところを補っていた。

それを見ていると、なんとなく複雑な心境になる。

「うーむ。一応当主の妻なのに、私ってまったくの役立たず？」

運動場に業者のトラックが次々と入ってきて、キッチンカーやら屋台やら、なにをするのか分からないが大きく派手な舞台が作られていくのを眺めつつ、華は難しい顔で呟《つぶや》く。

その声は小さくとも、華の頭に飾りのようにくっついているあずはには聞こえていたはずだが、それに対してなにも反応はなかった。

「華ちゃんどうしたの？」

鈴は華の悩みなど知らず、「おトイレ我慢してるの？」などと、純粋な顔で聞いてくる。

「なんでもない」

そう答えるしかなかった。

鈴に愚痴ったところで、今の華がどうしたって役に立たないのは変わらないのだから。

朔の妻としても、術者としても。

せめて呪いの知識があれば術者としては役に立てたかもしれないが、学生である時点でそれが無理なのだからどうしようもない。

「準備は順調に進んでるみたいだねぇ。楽しみ〜」

鈴は変わりゆく運動場の光景にテンションを高くする。

まあ、それは鈴だけではなく、ほとんどの生徒がそうだろう。

華だけが選抜メンバーに選ばれてテンションが低い。

交流戦に向けて呪具《じゅぐ》を作る特訓をしている桔梗が失敗して学校を吹き飛ばしてくれないだろうかなどと、あり得ないことを考えた。

桔梗の腕前は知らないが、二条院の次期当主候補に選ばれるほどなのだから、実力は間違いなく、そう簡単に失敗してはくれないだろう。

華は、はあとため息を吐いて気持ちを入れ替えると、運動場を見回して疑問を口にする。

「それにしても、黒曜学校にあんなにたくさんよその人を入れて大丈夫なの？　仮にも表舞台からは秘匿されてる術者の学校なのに」

「やだなぁ、華ちゃん。業者の人達も皆、五家のグループ会社に所属している黒曜のOGやOBだよ。黒曜に術者関係者以外を入れるはずないじゃない」

鈴がニコニコしながら当たり前のように話す内容は、華がまったく知らないことだ。

自分は鈴よりものを知らないのではないかと、軽くショックを受ける。

「いやいや、さすがに私ヤバくないか？」

自分に向かってツッコんだ。

朔や周りからは以前から注意されていたが、術者関係の知識が圧倒的に不足していると今になって危機感を抱く。

「もう少し勉強しとくんだったかな……」

何故だか朔に対しても申し訳ないような気持ちになった。

「華ちゃん、さっきからどうしたの？」

「ちょっと反省してるとこ」

「ん？」

その意味が伝わるはずのない鈴はきょとんと首をかしげた。

すると、鈴はなにかに気づく。

「あ、葉月ちゃんだー。おーい」

鈴が大きく手を振った先には葉月がいるだけでなく、隣には兄の柳の姿もあった。

鈴の声に導かれるようにこちらへ向かってくる二人は、華達の前で足を止めた。

「葉月ちゃん、隣の人、誰？」

無邪気な鈴に遠慮はない。

何故柳がいるのかと華が不思議に思う前で、葉月が鈴に柳を紹介している。

「私と華の兄なの」

「えー！　二人のお兄さんってことは、あの最年少で瑠璃色《るりいろ》を取ったすごい人だよね！　一ノ宮のご当主様にも一目置かれている人だって有名だもん」

どうやら柳の顔は分からずとも、柳の経歴は知っているようで鈴はかなり驚いている。

華は華で、鈴が柳を知っていることにびっくりしていた。

華なんて、少し前までは柳が最年少で瑠璃色を得たとか、朔に気にいられて本家に頻繁に出入りしていたなんてことも知らずにいたぐらいなのだから。

しかし、よく考えたら最年少で瑠璃色を得た術者の存在が、術者の世界で生きる者に伝わらぬはずがない。

いかにこれまで華が家族にも術者にも他人事《ひとごと》でいたかが分かるというもの。

「葉月と華の友人か？」

「はい！　三井鈴《みつい》です！」

ニコニコと元気のよい鈴の調子に、表情があまり変わらない柳も穏やかな表情を浮かべる。

「そうか。俺は一瀬柳だ。これからも妹達と仲よくしてやってくれ」

「もっちろんです！」

柳が差し出した手を、鈴は力強く握って嬉《うれ》しそうにぶんぶん振る。

鈴の勢いにやや困惑顔になる柳に、華が問う。

「お兄ちゃんがなんで学校にいるの？」

鈴と繋《つな》がれた手を離し、柳は運動場の片隅に目を向ける。

そこには、柳と同じスーツ姿の大人が多数集まっていた。

服装からしても雰囲気からしても学校の教師ではない。

「あの人達は？」

「学祭のために協会から派遣された術者だ。朔様の命令で当日の警備を任せられている。今日はそのための下見だ」

「術者が警備もするの？」

「ああ。なにかあっては朔様の名に泥を塗ってしまうからな」

「ふーん……」

ただの学校行事の警備までさせられるとは、術者というのも大変だ。

しかし、交流戦にはお偉方も観覧に来るというので、その対応は当然なのかもしれない。

それにしても瑠璃色の柳を人員に入れるとは、もしかして協会はよっぽど術者不足なのかと疑いたくなる。

華がそんなことを考えていれば、「……華」と、柳が躊躇《ためら》いがちに声をかけてきた。

「一ノ宮のお屋敷で元気にやっているか？」

「うん。まあ、一応……」

「そうか」

「……………」

「……………」

お互いに流れる沈黙。

なんとも居心地が悪い。

兄とはいえこれまで柳との関わりは少なく、仲よく会話した記憶はなかった。

小さい頃はどうだっただろうかと記憶を手繰り寄せるが、とんと思い出せない。

近い血を持つ兄ではあるが、心の距離は朔よりずっと遠かった。それどころか、他人の鈴の方が華には身近な存在に思える。

そんな柳となにを話したらいいのか分からない……。

きっとそれは柳もなのだろう。

朔のおかげで、柳が華と葉月の双子を大事に思い、それ故に関わりを最小限にしていたことを知ったものの、すぐに関係が変わるわけではない。

特に華は、早々に家族に見切りをつけて、自分からも話しかけるようなことはしなかったのでなおさらだ。

誤解は解けたが、接し方に困ってしまう。

お互い気まずそうに視線を外す華と柳を見かねてか、葉月が横から口を挟んだ。

「今回の交流戦をお兄ちゃんも見に来てくれるみたいよ」

「そ、そうなんだ」

あからさまにほっとした顔をする華は、葉月が救いの女神のように感じた。

葉月は元々柳を尊敬していた上、華ほど関わりを絶っていなかったようなので会話に困ったりもしないのだろう。

そこは羨《うらや》ましく感じる。

葉月が作ってくれたきっかけを逃さないように華は話に乗った。

「でも、警備していたら見てる暇なんてないんじゃないの？」

「そこはちゃんと配慮してもらうつもりだ。だから、華の出番もちゃんと見に行く」

「それ、大丈夫なの？　瑠璃色の術者ならそれなりに大事な役割を任せられてるんじゃないの？」

「問題ない。俺以上の術者が来ているからな」

瑠璃色以上となると、漆黒しかいない。

「まさか朔？」

華がそう思うのは仕方ない。

そもそも漆黒の術者自体が人数が少なく、滅多に会える存在ではないのだ。

華が知っている漆黒の術者は朔と雪笹。

二人を知っているだけでもすごいことだった。

けれど柳から出てきたのは違う名前。

「いや、四道葛という人だ」

そう言われても術者の世界に疎い華が分かるはずもなく、反応は薄い。

代わりに鈴が目をキラキラさせた。

「四道葛さんが来てるんですか⁉」

「鈴、知ってるの？」

「知らないのは華ちゃんぐらいだよ！　漆黒最強って言われてる人なんだから」

つい最近聞いた話だなと葉月に視線を向ければ苦笑された。

「前に話していた四道星蘭さんのお兄さんよ」

「ほえー」

うろ覚えだったために華は曖昧《あいまい》な反応になってしまう。

対して、鈴の興奮は最高潮に達しようとしている。

「ただでさえ数少ない漆黒の術者は他とはレベルが違う力を持ってるのに、四道葛さんはそんな規格外の漆黒の中でもさらに規格外なの！　五家のご当主様ですら彼の言葉を無視できないぐらい影響力もあって、他の漆黒の術者からも一目置かれるほど、すごいすっごい人なんだから！」

「それはどうもありがとうございます、お嬢さん」

耳なれない声にはっと目を向けると、そこには柔和な笑みを浮かべた清潔感のある男性が立っていた。

その首には漆黒のペンダントが存在を主張するようにかけられている。

「そんなに手放しで褒められると恥ずかしくなってしまいますね」

「ま、まさか、四道葛さんですかぁ⁉」

驚きのあまり鈴の声が裏返っている。

「ええ」

「わーわー！　どうしよう、華ちゃん！　ご本人登場だよ！　サインもらうべきかな？」

「それほど喜んでいただいて光栄です」

突然の漆黒最強の術者の登場に、鈴が手をバタバタ動かしながら騒がしいほど喜んでいる一方で、華は冷静に観察した。

年齢は朔より少々上だろうか。

朔に負けないほど容姿が整っているが、傲岸不遜《ごうがんふそん》な朔とは真逆の物腰が柔らかそうな雰囲気。

話し方も穏やかで、大人の余裕のようなものを感じる。

じっと見ていると、葛の目も華を捉《とら》え、にっこりと微笑んだ。

それ一つで女性をとりこにしそうな綺麗《きれい》な笑みだった。

残念ながら華の心が揺さぶられることはなかったが、葉月と鈴は意識を奪われたように葛から目を離せないでいる。

鈴はまあいいとして、男性に見惚《みと》れる葉月を見たら望が激しくショックを受けそうなので、この場にいなかったのは幸いだった。

「あなたが朔様の奥方の華様でしょうか？」

どこか相手の警戒心を緩めてしまうほわほわとした雰囲気を併せ持ち、見た目からは漆黒最強とは思えないほど優しげで、本当に妖魔《ようま》と戦えるのかと心配になってしまう。

最強というからもっと屈強な肉体を持った男性を想像しそうだが、葛は正反対と言っていい。

けれど、華はすぐに気づく。その凶悪なまでの力の強さを。

華のように抑えているようだが、華には十分に感知できた。

だからこそ、見た目と力との受ける印象の食い違いに、華は警戒心いっぱいの目で葛を見上げた。

「そうです……」

華が警戒しているのを敏感に察してか、頭にくっついていたあずはも、いつでも動けるように華の頭から離れた。

ヒラヒラと宙を飛ぶあずはに目を向けた葛は感心した様子だ。

「なるほど。とても最下級の虫の式神とは思えませんね。確かに驚くほどの力をお持ちのようだ。朔様が望まれるだけあります」

「褒められてると受け取っていいのかしら？」

最強と聞いていたが、華はここまで力の強さのすべてを把握できないと感じた相手に会うのは初めてだった。

強い……。

朔よりも確実に。

「そう、警戒なさらないでください。もちろん賞賛したつもりです」

「それはどうも」

警戒心を解かず、やや冷たいと言われても仕方ない華の様子に、葛は気を悪くするどころかクスクスと笑った。

「ずっとお会いしたかったのですよ。朔様から話を聞いていましたから」

「話って……。余計なこと言ってないといいけど」

朔の性格からして絶対に言っている気がする。

「いえ、いつもあなたへの惚気《のろけ》がほとんどですよ。その度に砂糖を吐きたくなります」

やはり余計なことではないか。華は無性に恥ずかしくなった。

まさかところかまわず言い回っていないだろうか……。

急に心配になってきた。

朔としては華に逃げられないように外堀から埋めるつもりなのだろうが。

「かわいいお嬢さんだと聞いていましたが、本当にかわいらしい方でしたね。数年早くお会いできていたら、朔様の奥方になる前に私が立候補していたのに残念です」

たらしだ……。

まるで息をするように賛辞を呈する葛に、華の方はどう返したらいいか戸惑っていると、葛は真剣な顔で顎《あご》に手を当てながら考え込む。

「いや、今からでも遅くないでしょうか。どう思います？　さすがに五家当主の妻ほどの贅沢《ぜいたく》はさせてあげられませんが、漆黒の術者はそれなりに稼ぎも多いですからお買い得ですよ」

ニコニコ顔で聞かれても困ると、華は口元を引きつらせながら助けを求めて柳に目を向けた。

一ノ宮当主の妻だから気を遣って褒めてくれているのだろうが、もはや嫌がらせにすら思えてくる。

「葛様。朔様に殺されますよ」

柳が呆《あき》れた様子で咎《とが》める。

「まあ、冗談はこれぐらいにして」

人畜無害そうな笑みを浮かべていたかと思うと、突然「お聞きしてみたいことがあるのですがいいですか？」と、華に問う。

早く話を切り上げたい華はため息が出そうなのをこらえて、おざなりに返事する。

「なんですか？」

「あなたはずっと力が弱いと周囲から侮られてきた。その心痛は私では分かりかねます」

「でしょうね」

漆黒のペンダントを手にできるほどのエリートが、落ちこぼれだった華の気持ちなど分かるはずがない。

「けれど、今のあなたは、そんな馬鹿にしてきた者達より遥《はる》かに強い力を手にしていらっしゃる。今や犬神すら式神にしているあなたを落ちこぼれなどと口にできる者はいないでしょう。そんなあからさまな周囲の態度が悔しくはないですか？　やり返したい、復讐《ふくしゅう》したいとは思いませんか？」

表情は笑っているのに、その目は華の心の内を探るように射貫《いぬ》いてくる。

華はその眼差《まなざ》しを真っ向から受け止めた。

「まあ、確かに、簡単に手の平を返す周囲には幻滅だけどね。でも、周りの評価なんてどうでもいいわ」

華はふんと鼻を鳴らす。

「力を示せば態度は変わる。そんなの最初っから分かっていて隠してきたのは私。隠してきたのが私の意思なら、隠すのをやめたのも私の意思よ。その結果で周りが変わっても、私はなにも変わりはしないわ。恨むとか復讐とか、外野がなにを騒いでいたってどうでもいい。勝手にしてろ」

腕を組みながら華は胸を張る。

その目には、漆黒最強の術者を前にしても揺るがない心の強さが宿っていた。

とはいえ、恨みがまったくないかと言えば嘘になってしまう。

けれど、外野に対しては本当に興味はなく、あるとしたら元凶となっていた両親だ。

しかし、その両親は朔によりすでに強制隠居させられたので、復讐したくてもできない。

やはり一発かましておけばよかったかもしれないと、華は今さらながら後悔していた。

いや、まだ機会はあるかもしれないと、華が凶悪な顔をしていると、突然大きな笑い声が響いた。

あははは っと、声を上げて笑っているのは質問の主である葛だ。

何故笑われているのか華には分からない。

けれど、馬鹿にされているわけではないようだ。

「あなたはお強いのですね。力だけでなく心も。そして確固たる自己を所有している。実に興味深い」

「はぁ……、どうも……」

華は曖昧《あいまい》にお礼を言う。

悪意はなさそうだが、葛が華を見る眼差しにどこか危険を感じた。

まるでうさぎを狙う猛禽類《もうきんるい》のような目と言ったらいいだろうか。

「ああ……。本当にもっと早く会いたかった」

葛の呟《つぶや》きは幸いにもとても小さく、誰の耳にも届かなかった。

その後、柳と葛は仕事へ戻って行く。

その背中を華達が見送っていると、一度だけ葛が振り返りにっこりと笑みを向けた。

とても紳士的で人のよさそうな笑みなのに、華の背筋にぞわっと冷たいものが流れる。

「……ねえ、鈴。あの葛さんってどう思う？」

「えー、もしかして華ちゃん、葛さんみたいな人が好みなの？　確かにかっこいいけど、ご当主様がいるのに浮気なんて駄目だよぉ」

「いや、そういうんじゃなくてね」

「じゃあ、どういう意味？」

きょとんとする鈴の様子に、華は口を開こうとしてやめる。

華は先ほど感じた感覚に気がつかなかったことにした。

＊＊＊

学校が終わり一ノ宮の屋敷に帰ってきた華は、自室でぐでーっとだらけていた。

頭に浮かんだのは今日会った葛のことだ。

漆黒最強の術者。

けれど、底知れぬなにかを感じた。

見えているのにすべて見えてはいない。

術者としての力にはそれなりに自信がある華でも、御せるとは思えないほどの力量。

そう考えると、あの人のよさそうな笑顔も彼の仮面のように感じられてくるから不思議だ。

「うーむ……」

ごく一部以外には淡白な付き合い方をする華が、初対面の相手をこんなに気にするのは珍しい。

それほど葛というのは華にとって不可思議な存在だった。

「主様《あるじさま》、あずは姉様からお聞きしましたが、今日は最強だなどと言われる漆黒の術者にお会いしたようですね」

寝そべる華が見上げる先には雅がいる。

今日は学校へついてきたのはあずはだけで、雅と葵は留守番だった。嵐はどこかへ出かけたまま今もまだ帰ってきていないようだ。

今日の出来事をあずはから聞いたらしい。

「うん」

「どのような方だったのですか？」

「どんなって……」

言葉に詰まる華からはすぐに答えが出てこない。

少しして華の口から出てきたのは……。

「なんか、見た目は全然そんな風に見えないけど、さすが漆黒最強って言われるだけあるなって感じの人」

「それでは全然分かりませんよ」

矛盾する華の言葉に雅がクスクス笑う。

「強いのか、そいつ？」

雅の隣であぐらをかきながら座る葵も気になるのか、質問が飛んできた。

「たぶん朔よりね」

「へぇ、あのエロじじいより強いのか」

葵は感心した声を出す。普段は朔に対して文句いっぱいなのに、術者としての力は認めているのだ。


けれど、華もあくまで勘。

実際のところ朔と葛にどれほど力の差があるのかは分からない。

これまでに朔と依頼をこなすことはあったが、それも数えるほど。

実際に朔が限界まで追い詰められ力を発揮している場面は見ていないので比べようがない。

朔に聞いても、あの俺様である。きっと事実がどうであっても自分の方が強いと言いそうなので信用ならない。

「その方から口説かれていたとお聞きしましたが、大丈夫ですか？」

「あずはったら、そんなことまで話したの？」

若干心配そうにする雅の言葉に、華はあずはに目を向ける。

『だって本当だもん』

あずははヒラヒラと飛んで雅の肩に止まった。

「あんなのただのリップサービスでしょ。一ノ宮当主の妻だからってだけで、他意はないわよ」

「そうだといいのですけどねぇ。主様ったら、どうも変なものによく好かれますから」

雅は頬に手を当てて困った顔をする。誰も雅の言葉を否定しない。

それどころか葵はうんうんと深く頷《うなず》いているぐらいだ。

「なんの心配してるのよ……」

華が呆《あき》れていると、部屋に嵐が入ってきた。

「あ、嵐おかえりー。今までどこ行ってて……っ！」

ここ最近姿が見えなかった嵐。

神様である嵐の力の強さは分かっているので華も特に気にしておらず、やっと帰ってきたかぐらいにしか思っていなかったのだが、入ってきた嵐を見て息を呑《の》む。

ゆっくりとした足取りはわずかにふらついており、どこかしんどそうである。

だが、それよりも問題なのは、嵐にまとわりつく禍々《まがまが》しいものの存在だ。

「どうしたの、嵐⁉」

ぎょっとする華が飛び起きて近づくと、その禍々しいものは華の手にも絡みつこうとした。

ほんのわずかに指先が触れただけだったが、瞬間的に危険を感じた華は急いで手を引く。

その様子を見ていた雅と葵も慌てて飛んできた。

「主様！」

「主！」

華は触れた指を見るが、特になにもない。

けれど、暗く淀《よど》んだなにかがまとわりついた不快感を残していた。

華は一つ深呼吸して精神を落ち着かせてから、改めて嵐を見ると、嵐は申し訳なさそうな眼差《まなざ》しをしていた。

「嵐、ちゃんと説明してちょうだい」

自然と華の声は低く口調も強くなる。

しゅんと肩を落とした嵐に、きつく言いすぎたかと思ったが、ここは心を鬼にしなければならない場面だ。

『すまない。動物達を放っておけなくて……』

「動物達……？　どういうこと？　いや、それよりもヤバそうなそれをなんとかするのが先だわっ」

モヤモヤと黒い煙のように見える嵐にまとわりつく禍々しいものは、嵐を害そうとひたすら攻撃していた。

さすが犬神だけあって攻撃を弾《はじ》いているようだが、嵐の様子を見るに、まったく影響がないわけではなさそうだ。

疲れた顔をしている。

こんなになるまで放っているなんてと、華は止めどない怒りが湧いた。その怒りは嵐を家族のように大事に思っているからこそ余計に強く感じるのだ。

「まったく、ここ数日いないと思ったらこんな姿で帰ってくるなんて！」

『う、すまない……。自分でなんとかしようと思ったのだが……』

華に迷惑をかけまいと配慮した結果のようだが、華としてはもっと早くに相談してほしかった。

怒りを抑えきれない華に、ますます嵐が身を小さくする。

嵐を叱りつつ状態を確認して目を吊《つ》り上げる。忘れるはずもない、嵐から感じるこの感覚。

「また、たたり神になりかけてるじゃないの！」

嵐はその優しさ故に、傷つけられ恨みや憎しみを残した動物の魂をその身に受け入れ、たたり神となった過去がある。

今の嵐はその時の状態によく似ていた。

しかし、違和感がある。

「……けど、たたり神の時とはちょっと感じが違う？」

少なくとも、たたり神の時は嵐にまとわりつくものが嵐自身を攻撃することはなかった。

害になっているという点では同じだが。

「雅、とりあえず浄化してみて」

「は、はい！　かしこまりました！」

雅は慌てて神楽鈴《かぐらすず》を取り出して嵐に向かって振る。

涼やかな音が部屋の中に響き渡り雅の浄化の力が満ち、嵐の中に渦巻くものを浄化していく。

まだたたり神になっていない状態なら、浄化すれば十分に元に戻すことは可能だと考えた。

その通り、嵐の身の内にある淀んだ負の力は消えたように思う。しかし、完全には取り切れていない上、嵐を取り巻いていた黒いもやもなくならなかった。

雅がさらに神楽鈴を鳴らすが、やはり変わらずに黒いもやは嵐を攻撃していた。

こんなものを見たのは華も初めてだった。

「なんなのこれ？　妖魔《ようま》のなり損ないとも違うし、前に嵐をたたり神に堕《お》とした動物達の負の力とも違う……」

なんなのか分からない。

だからといって嵐をこのままにしておけるはずもない。

華はもう一度嵐にまとわりつくものに手を伸ばす。

それはやはり不快感以上に、危険なものであると華に警鐘を鳴らしてくる。触りたくないという気持ちが華を襲い、触れることができない。

「主様《あるじ》、大丈夫なのですか？」

「あんまり大丈夫じゃないかも……。でもどうにかしないと嵐が危険なのは分かる」

『私が身の内に受け入れた動物達の恨みの念を媒体に私に取り憑《つ》いているのだ……』

「嵐の中から恨みの念がなくならないともやは消えないし、もやは恨みの念と繋《つな》がっているからそれも雅の浄化だけでは消えてくれないってことね。なんて面倒な！」

両方を同時に対処しなければならない。

「とりあえず結界で防御してから……」

念入りに手に結界をまとわせ、嵐のもやに触れる。

触れた瞬間に、これは嵐を少しずつ蝕《むしば》んでいて、このままではたたり神になるどころか嵐自身を殺してしまうと直感的に思った。

華は禍々しいものに触れて、それを探る。

妖魔を祓《はら》うのとは少し違う。華には初めての感覚だったが、できないと絶望するほどではなかった。

危険なものに間違いはない。

けれど、これまで妖魔と戦った経験や、たたり神となった嵐を救った経験が、大丈夫だと華に伝えてくる。

華は思い切って嵐を害そうとするもやに手を突っ込むと、それを鷲掴《わしづか》みにする。まるで嫌がるように暴れるのを、放すものかと必死で掴んだまま力を流して抑え込むと、嵐にまとわりつくもやをベリベリと剝《は》がした。

『う……』

一瞬嵐が苦しそうな声を上げたが、構わず続ける。

嵐の中にある恨みの念と繋がっているというその通り、嵐の中のものが引っ張ってくるが、それを力でねじ伏せる。

しかし、決して力任せに強引にではなく、繊細な作業をするように慎重に行う。

「うりゃ！」

まるで魚の一本釣りをするように引き抜くと、その勢いのまま後ろに倒れた。すかさず葵が華の背を受け止める。

「雅、浄化！」

「はい！」

元凶となっているものを引き剝がした瞬間に華が命じると、雅は神楽鈴を鳴らして嵐の中にあった恨みの念を浄化する。

今度こそ確実に祓えたのを確認してほっとする華だが、まだ終わっていない。

華の手には嵐を害していたものが残っている。

取り憑く先を失ったそれは、今度は華に矛先を変えたようで、華の手から腕にとどんどんまとわりつく範囲を広げてくる。

それに従い襲ってくる不快感に華は眉《まゆ》をひそめるが、このまま取り込まれるつもりはない。

反対の手で引き剝がすと、力を流しながらまるで粘土で遊ぶかのように両手でぎゅっぎゅっと握って丸める。

そしてそれを素早く結界に閉じ込め、妖魔と同じ要領で滅した。

「滅！」

危険だと感じていたので全力で力を込める。綺麗《きれい》に跡形もなくなくなったのを確認して、ようやく華と式神達はほっと息を吐く。

全員が全員、やれやれという様子だ。

華は疲れ切った様子でぐでーっとその場に寝そべる。

「終わったぁぁぁ」

緊張感から解放され、気が抜ける。

「嵐は大丈夫？」

『ああ、問題ない』

すぐさま嵐の状態を確認するが、問題なさそうだ。

「それならよかったわ……」

『すまない。助かった』

嵐は感謝を伝えるように華の頬をひと舐《な》めする。

よしよしと嵐の頭を撫《な》でながら、華は問う。

「いったいなんだってこんなことになったの？」

すると、嵐は難しい顔をする。

『それなのだがな……』

嵐は言いづらそうにしている。

まるでいたずらをして親から叱られるのを待っている子供のようだ。

「なにやらかしたの？」

『外に出かけていたら動物達の悲しい声が聞こえてきたので向かったのだ。そうしたら、人気のない廃屋でたくさんの動物達の無念の心と魂が渦巻いているのを発見した』

「前にあった犬の虐殺事件の時みたいに？」

あの事件は忘れたくとも忘れられるものではなく、華と雅と葵の顔が険しくなる。

今思い返しても胸糞《むなくそ》が悪くなる事件だ。

『似たようなものだが少し違う。明確な殺意を持って計画されたものだ』

「どういうこと？」

『動物同士を殺し合わせ、最後に残った一匹を術者が殺すことで完成する呪いを、発動させようとしている最中だったようだ』

寝そべりながら聞いていた華が勢いよく身を起こす。

「はあ!?　呪い!?」

『ああ。あれはまごうことなき呪いだった。だが、その呪いが完成する前に私が気づき、生き残っていた動物達は解放した。残念ながらすでに命を落とし、念だけを残した者達を身の内に受け入れたまではよかった』

「めちゃくちゃ問題大ありな状態で帰ってきて、どこがよかったのよ」

華は呆《あき》れる。

『たたり神になるほどの量ではなかったから問題ないはずだったのだ。最初に発見した時から呪いの類《たぐ》いだと分かっていたから注意していたし。しかし、予想以上に呪いの力が強く、不覚を取って呪いを身に受けてしまったのだ。不完全だった呪いが、媒体となる動物達の負の念を私に奪われ、変な風に暴走してしまったのだろう』

嵐はみずからの失敗を悔やむように耳をぺたんと下げる。

『私は身の内に受け入れた子達の魂を呪いから守るのに必死で身動きが取れなくなった。華に迷惑をかけまいとなんとかしようとしたのだが、憐《あわ》れな子達を守りながら呪いを退けるのは難しくて……。すまない……』

経緯は分かった。

この優しい神様はまたもや、弱くかわいそうな子達を助けようとしたようだ。

我が身も顧みない嵐の心根を知れば、怒るに怒れないではないか。

嵐の自己犠牲の精神は、我が道を行く華には真似できないが、理解できないわけではない。

華は仕方なさそうに深く息を吐く。

「まったく、呪いと分かっていながら動物達を助けようとするなんて嵐らしいわね」

華はわしゃわしゃと嵐の頭をやや乱暴に撫でる。

もふもふの毛並みはわさっとなって乱れたが、嵐は文句を言わずに落ち込んでいる。

「嵐が無事だったからいいわ。許してあげる。その代わり、またこういうことがあったら、先に私に相談すること。いい？」

『分かった』

「犬神だからって全能じゃないのよ。負の感情を残した念の浄化は、雅の方が得意なんだからね」

「ええ。お任せください」

雅もにっこりと微笑む。

嵐は漆黒の術者である朔ですら恐れおののく、人とは格が違う神ではあるが、得手不得手は存在する。

たたり神になりかけた時もそうだったが、嵐は恨みや憎しみといった負の感情を残して死んでいった者の心を受け入れることはできても、術者や雅のように浄化することはできない。

それでも嵐は、受け入れ続ければ自身がたたり神になると分かっていても見て見ぬふりはできないのだろう。

なんとも危うさのある神様だ。

華が生きているうちはちゃんと目を光らせ、たたり神に堕《お》ちないように気をつけなければ。

「ほんと、嵐ったらよく今まで無事だったわね」

こんなにほいほいと厄介なものを拾ってきてしまうのだから。

『すまない……』

嵐は始終申し訳なさそうに肩を落としている。

「もういいって。今度からはちゃんと頼ってよ？」

『必ず』

嵐の強い返事を聞いて、華もこの話はここまでにすることにした。

だが、そこではっとする。

「あっ、やば……」

「どうかされましたか？」

顔色を悪くする華に雅が不思議そうにする。

気づいてはいけないことに気がついてしまった。

「今、私がやっつけたのって呪いって言ったわよね」

『ああ。不完全ではあったが呪いで間違いない』

嵐の確信を持った答えに、華は頭を抱えた。

「呪いっていったら、術者協会に所属している三色以上の術者にしか教えられない知識なのよ。そんなの相手に対処したって朔に知れたら絶対怒られる」

朔だけではない。美桜にも確実に怒られるだろう。

それだけ呪いは危険とされているのだ。

不完全な形での発動ながら犬神である嵐を害していたことからしても、危険なのは十分に分かる。

それでも、華はなんの知識もなく感覚のみで呪いの解呪《かいじゅ》をやってのけてしまったのだ。

普通ではありえないことではあるが、華のこれまでの経験がなせる荒業だった。

「朔には黙っとこう。お説教どころじゃすまなそうだもん」

「それがいいですね」

雅も苦笑いする。

「嵐達も黙っててね」

『もちろんだ。そもそも私の責任だからな』

嵐が頷《うなず》くと、葵とあずはも返事をする。

「分かった」

『はーい、あるじ様』

妖魔《ようま》とも生き物の負の感情とも違う不快な感覚。

知っておいて損はないだろうと華は楽観的に考えることにした。

四　章

ついに迎えた学祭初日。

学校は普段とは装いを変え、大きな垂れ幕で学祭を祝い、いつも授業を行っている教室は原形を留《とど》めないほどリフォームされてこ洒落《じゃれ》たお店になっていた。

学祭が終わってちゃんと元の教室に戻るのか心配になるほどの手の加えようだ。

さらに運動場にはキッチンカーや屋台がずらりと並び、朝礼台があった場所には煌《きら》びやかで大きなステージが、どどんとできあがっていた。

そんな派手なステージではミュージシャンが明るい曲を歌いながら来場者を出迎えている。

ステージ前にはたくさんの生徒が集まっており、ライブ会場さながらにかなり盛り上がっているようだ。

それもそのはず。

「ねえ、あれって前にテレビにも出てた、今人気の有名なバンドじゃないの？　もの

「まねの人？」

「本物だよー。第一学校の卒業生なの、華ちゃん知らなかった？」

鈴が当たり前のように教えてくれる。

華ですら知っている有名人を連れてくるのもそうだが、提供されている店や装飾がもはや学祭というレベルではない。

一ノ宮の本気を見た気がした。

「学祭ってこんなだっけ？　鈴、去年とか一昨年《おととし》の学祭もこんな感じだったの？」

「うん。去年の第五学校もその前の年の第四学校で行われた時もこれぐらい大がかりだったよ」

「五家が本気出すと、学校は数日でテーマパークと化すのか……」

しかもこれだけの騒ぎとなると周辺住民にも気づかれて問題が起きたり、見に来る人も出てきそうだ。

そうなると術者の存在がばれてしまう危険性が心配になるが、学校全体には巨大な結界が張られ、音漏れはもちろんのこと、目隠しの機能もあって対策はばっちりだと、華は桔梗から教えられた。

二条院の呪具が使われているのでそのあたりに詳しいようだ。

「華さーん！」

向こうの方から桔梗が手を振りながら走ってくる。

その後ろには桐矢の姿も見られた。

相変わらず二人一セットで行動しているようだ。

「捜しましたよ～」

そう言いながら華の腕にしがみつく桔梗を見て、鈴がムッとする。

「華ちゃんが迷惑なのでやめてください！」

「なにするんですか⁉」

鈴が無理やり桔梗を引き剝《は》がそうとするが、桔梗も離れまいと華を摑《つか》む手に力を入れるものだから、華はとばっちりで左右に引っ張られる。

「痛い痛い！」

華の悲鳴はぎゃあぎゃあ言い合いをする二人には聞こえていないようだ。

華はやれやれと深いため息を吐く。

「桐矢、見てないでなんとかしてよ」

じーっと様子を窺《うかが》っているだけの桐矢に助けを求めると、ようやく動いた。

「桔梗。華がお腹減ったって」

「まったく言ってないんだけど」

どうにも桐矢は華を食いしん坊キャラにしたいのではと思う時がある。

だが、それを否定できないのがなんとも悲しい。

実際に朔との取り引きでは、高級フレンチフルコースで手を打った華である。

「お腹が減ったんですか？　それは一大事。屋台巡りに行きましょう！」

いざ行かんというように華の手を引いてずんずん進んでいく桔梗に引っ張られる。

「あっ、置いてかないでよ、華ちゃん〜」

鈴も慌てて後を追い、それからは四人でお店を回っていく。

わたあめ、りんご飴《あめ》、焼きそば、たこ焼き、フランクフルトといった定番の商品から、ケバブやらピザ、ベーグルやらチュロスなどより取り見取り。

食べ物だけでなく、VRゲームの体験があったり、動物のふれあいコーナーがあったりと、全部回るのも一苦労なほどだ。

しかもそれらの料金は一ノ宮が負担するというのですべて無料。

「どれだけ食べても遊んでも無料とか、一ノ宮の財力はマジでハンパないわね」

五つの学校の生徒と関係者を合わせたらとんでもない人数になるというのに、その全員の宿泊、飲食代も一ノ宮が賄うというのだから恐れ入る。

もちろん、学祭を行うにあたっての設営費もだ。

「華ちゃんったら今さら〜」

鈴に笑われてしまうが、確かに今さらだ。

契約結婚のために簡単に十億もの金を取り引き材料にしてきた朔に、朔と離婚させるために三十億を提示してきた桔梗。

確かに五家の財力は凡人には想像もできない。

一応華の生家である一瀬も分家なので、それなりに富裕層と言って差し支えないはずなのだが、五家からしたら分家も一般家庭もどんぐりの背比べなのだろうなと思うと、すごいを通り越して怖いとすら思う。

だが、自分はそんな一ノ宮当主の嫁なのだと思っても、あまり実感はない。

そうして華達が学祭を満喫している間も、続々と関係者が学校に入ってくる。

ずいぶんとまあ賑《にぎ》やかなもので、誰もがテンションも高く楽しんでいるように見える。

そんな中で、華は少々異端だった。

「はあ……」

時間が経つごとにテンションが低くなり、ため息まで出る始末。

「華ちゃんどうしたの？　ため息なんか吐いて」

「まだお腹減ってるんですか？　アメリカンドッグどうぞ」

「いや、ため息吐いてたらなんでお腹減ってることになるのよ。まあ、もらうけど」

桔梗からアメリカンドッグを手渡されてかぶりつく。

お腹は満たされるが沈んだ気持ちは浮上してはくれない。

「最終日は休んでいい？」

「駄目ですよ！」

「そうだよ、華ちゃん！」

途端に桔梗と鈴が慌てて止めに入る。

「えー、だってやっぱり交流戦とかめんどいんだけど……」

華のテンションが低い理由は最終日に予定されている交流戦のせいだ。

選抜メンバーに選ばれている華は絶対に出なければならない。

最初こそ、桔梗と望の勢いと葉月のお願いに負けて参加すると了承してしまったが、いざ学祭が始まるとやりたくない気持ちが大きくなってきた。

「食べ過ぎてお腹壊したってことにできない？」

「できませんよ。というか許しません！　あの似非《えせ》お嬢に目にもの見せてやるんですから！　華さんも勝ちたいでしょう？」

「いや、別に負けてもいいけど」

「そんな弱気でどうするんですかぁ！」

興奮する桔梗に叱りつけられるが、そもそも華は桔梗や望のように勝ち負けを気にしていない。

問題となっている四ツ門牡丹も、華は一度会っただけなのだから、敵愾心《てきがいしん》もあったものではない。

「屋台回ってる方が楽しそうだしなー。遊ぶとこもいっぱいあるし遊んでようかな」

「あら、尻尾《しっぽ》を巻いて逃げ出すなんて、自分の力量をよくご存じではありませんか」

突然後ろからかけられた声に反応して振り返ると、その瞬間に桔梗が「げっ」と、とても五家のお嬢様とは思えない声を発した。

そこにいたのは、桔梗が似非お嬢と連呼する四ツ門牡丹と、四ツ門家に仕えているという四道星蘭だった。

「お久しぶりですね、桔梗さん」

牡丹はにっこりと微笑むが、そこにはどこか桔梗を下に見るような傲慢《ごうまん》さが窺える。

朔と雪笹に見せていた、にこやかな笑顔との違いは一目瞭然《いちもくりょうぜん》だ。

「久しぶりです、牡丹さん……」

ひくひくと頰を引きつらせながらもちゃんと挨拶《あいさつ》をするのは、五家の人間の矜持《きょうじ》からだろうか。

牡丹は桔梗から桐矢へと視線を移すと、ふっと嘲《あざけ》るように口角を上げた。

「相変わらず桐矢さんに金魚の糞《ふん》のようにくっついておいでなのですね。いいかげんご迷惑をかけるのはやめたらどうかしら。それともその年齢にもなって一人ではなにもできませんの？　おかわいそうに」

「ち、違います！　桐矢と私は仲良しだから一緒にいるだけです！　双子の強い繋《つな》がりは他人には理解できないでしょうけど！」

「そう思っているのは桔梗さんだけではなくて？」

「そんなことありませんっ！　桐矢と私の仲のよさをなにも知らないくせに勝手なことを言わないでください！」

いつもおどおどしている桔梗が前のめりになって言い返している。

いつにない攻撃的な態度に華はぽかんとした。

「桐矢、桔梗ってあの人の前だといつもあんな感じなの？」

華が桐矢に問うと、表情を変えることなくこくりと頷《うなず》いた。

「牡丹相手にはいつもそう」

「犬猿の仲って感じがするわね」

「うん。いつも顔を合わせたら喧嘩《けんか》してる」

仲が悪いでは済まないほど、両者喧嘩腰で応戦している。

桐矢がいつもというだけあって、桐矢も牡丹の付き人である星蘭も止める様子もなく静かに傍観している。

「……二人とも次期当主候補なのよね？」

「仮に二人が当主になったら、二条院と四ツ門で戦争が始まりかねない勢いじゃない？」

「うん」

「俺もそう思う」

今の様子を見ているだけでも、二人に権力を与えていいのか不安になってくるぐらい仲が悪そうだ。

ぜひ、二家の現当主にはそのあたりを考慮して次の当主を選んでいただきたい。

華が口を挟める問題でないのは重々承知だが、五家の問題は下手をすると国を揺るがす事件に発展しかねないだけに、華も他人事《ひとごと》ではなく切に願う。

桔梗と言い合いしていたかと思うと、ふと牡丹の視線が華を捉《とら》える。

華はなんとなく嫌な予感がする。

「あなたも選抜メンバーに選ばれたのですってね。一瀬華さん」

正式に婚姻届を出しているので、一瀬はあくまで旧姓。

今は一ノ宮が華の姓である。

彼女も当然知っているだろうに、あえて一瀬と呼ぶあたり、華を一ノ宮の嫁と認めていないのがよく分かる。

だが、その程度の嫌みはすでに慣れっこの華に効果があるはずもなく、普通に一瀬という名を流した。

「はあ、まあ、一応」

「………」

華から思った反応が返ってこなかったからか、牡丹は一瞬不快そうに眉《まゆ》を動かしたものの、すぐに笑みを貼りつけた。

「落ちこぼれのCクラスから選抜メンバーに選ばれるなんて立派だわ。史上初ではないかしら？　さすが一ノ宮様の伴侶《はんりょ》に選ばれた方ね」

何故こんなに敵意を向けられているのか分からない華は「はあ、どうも……」と、やる気のない返事をする。

だが、それが余計に気に食わないようで、牡丹の表情に怒りの感情が増していく。

それを敏感に感じてか鈴もオロオロしている。

しかし、華にはどうしようもない上に、どうにかするつもりもなく、早くどっか行ってくれないかなぁと心の中で思いながら、彼女の背後にあるクレープのお店に釘《くぎ》づけになっていた。

次はあれを食べよう……。

などと考えている華の心の内など知らず、牡丹は続ける。

「さっきもおっしゃっていましたが、自信がないのならさっさと逃げたらいかが？

一ノ宮様もどうしてこんな出涸《でが》らしを嫁になど迎えられたのかしら？　理解に苦しみます」

牡丹から見ても、華は落ちこぼれにしか見えないようだ。

以前に雪笹が牡丹のことをひよっこと評していたのを思い出す。

これだけ近くで接していても、華の実力を見抜ける力はどうやら持っていないようだ。

その方が華としては楽ではあるが、言われっぱなしというのも少々腹が立つ。

「だったら、三十億くれたら朔との離婚も考えてあげなくもないわよ？」

華はニヤリと笑った。

三十億は桔梗が朔と別れるのと引き換えに提示してきた金額だ。

それを忘れていない桔梗は恥ずかしそうに目をウルウルさせて「華さ～ん」と、情けない声を発した。

牡丹は馬鹿にされたと思ったようで、カッと顔を赤くして目つきを鋭くする。

「落ちこぼれが五家の当主の妻となって、ずいぶんと勘違いなさっているようね。あなたなんて――」

「おや、そこにいるのは牡丹と星蘭じゃないか」

割って入ってきた声に牡丹も言葉を止める。

華達に近づいてきたのは、先日会った漆黒最強の男と呼ばれている四道葛だ。

「華様達もいらしたのですね。こんにちは」

葛は前回同様にほわほわと柔和な笑みを浮かべていて、その場の嫌な空気を簡単に吹き飛ばし、ほっこりした雰囲気に変えてしまう。

マイナスイオンやアロマ的なリラックス効果のあるなにかを体から発しているのではないかと疑いたくなる。

それともそれすら漆黒最強のなせる業なのだろうか。

少なくとも、俺様、自己中、傲岸不遜《ごうがんふそん》を体現する朔や雪笹にはまったく存在しない。

「皆さんおそろいで、楽しんでいますか？」

ニコニコと微笑む葛に華が返事をしようとした時、牡丹が華を押しのけてずいっと前に出てきた。

「葛様！　お久しぶりです！」

ほんのり頬を赤くして目を輝かせる牡丹は、先ほどまでのつんけんした様子ではなく、年頃の少女らしいかわいさが前面に出ている。

心なしか声のトーンも高い。

「久しぶりですね、牡丹。元気にしていましたか？」

「はい！　今日は葛様にお会いできるだろうと、体調は万全に整えてまいりました。

葛様の大事なお体に害のある菌をつけるわけにはいきませんから」

「ははは。そんな簡単に風邪をひいたりはしませんよ。けれど、私の身を案じてくれてありがとうございます。牡丹は本当に優しい子ですね」

「そ、そんな……」

両頰に手を当て恥じらう牡丹は、まさに恋する乙女。

それまで見せていた人を小馬鹿にしたような高飛車な態度はどこへ放り投げたのか。

誰これ？　と言いたくなるほどの様子の違いに、華と鈴はポカンとし、桔梗は今すぐにでも文句を言いたそうな顔をしている。

だが、桐矢に「どうどう……」と、肩をポンポンと叩《たた》かれ止められていた。

「なるほど。分かりやすい……」

華は呟《つぶや》く。

これまでのやり取りから牡丹を直情的な子だなと思っていた華は、自分の考えが間違いでないと悟る。

牡丹はそれほどあからさまに態度に出ていた。

「警備の途中だからそろそろ行くよ。星蘭。ちゃんと牡丹の側を離れずお世話するんだよ」

「はい」

優しげな笑みを浮かべる葛とは違い、星蘭は無表情で感情の起伏が分かりにくい。

それは桐矢にも言えるのだが、桐矢は不思議ちゃんなのでまた少し違う印象を受ける。

星蘭の場合は、任務に忠実な騎士が、あえて感情を殺しているような感じと表現したらいいだろうか。

あくまで華が受けた印象である。

「じゃあ、華様もお友達も二条院のお二人もまたいずれ」

「はい」

手を振る葛に手を振り返し、葛が人混みの中に消えていくのを見送った。

学校の警備も大変だなと、他意はなくじーっと葛の行った先に視線を送り続けていると、牡丹が口を開く。

「いつまで葛様の後を追いかけているのですか！　ま、まさか、葛様に気を持たれたとか……。あなたには一ノ宮様がいらっしゃるでしょう⁉　一ノ宮の嫁ともあろう者がなんてはしたない！」

「いやいや、私なんにも言ってないんだけど」

勝手に想像して決めつける牡丹に、桔梗と似たものを感じた。

二人の仲が悪いはずである。同族嫌悪という言葉が頭に浮かぶ。

華は変な勘違いをされてこれ以上敵愾心《てきがいしん》を持たれても困ると、強く否定する。

「別にあの人のことなんてなんとも思ってないから」

「葛様は魅力的ではないとおっしゃるの⁉」

「めんどくせぇ……」

思わず口が悪くなる華。

否定してほしいのか肯定してほしいのか、いったいどちらなのか。

「ま、まあ、あなたが葛様をどう思おうと、葛様ほどの方があなたなどに惹《ひ》かれるはずがありませんけれど」

ふんと鼻を鳴らす牡丹は先ほどまでの高飛車なお嬢様に戻ってしまった。

すると、余程のことがないとビクビクして桐矢の後ろに隠れている桔梗が、ニヤリとしたあくどい笑みで牡丹の前に立つ。

「誰かさんは眼中にすら入ってないようですけどね。葛さんも二重人格の似非《えせ》お嬢なんて御免こうむるんですよ、きっと」

その瞬間、桔梗と牡丹の間で戦いのゴングがどこからともなく鳴った。

「眼中にないのはどちらの方かしら？　一ノ宮様にあれだけアタックしておいて、横からこんな平々凡々な庶民にかっさらわれてしまうなんてね。そんな方になんと言われようと片腹痛いですわ」

「華さんは平々凡々なんかじゃありません！　朔様の伴侶《はんりょ》に相応《ふさわ》しい方です。むしろ他に代わりとなる人なんていませんから！」

「一ノ宮様に相応しいなんて、目がお悪いの？　それとも術者としての能力が衰えたのかしら？　ああ、元よりそんなお力ありませんわよね」

「華さんの力を知らないくせにぃぃ！」

五家のお嬢様同士の言い合いが続き、華はすでに飽きてきた。

「ねえ、そんなどうでもいい話で喧嘩《けんか》してないで屋台巡りしたいんだけどー」

横から華が口を挟むと、牡丹にギッと睨《にら》まれる。

あっ、やめとけばよかったと後悔するがすでに遅く、牡丹の矛先は華に向かった。

「あなた、最終種目にエントリーしているみたいですが、恥をかく前に代わってもらった方がいいのではなくて？　犬神や人型の式神を持っているなんて噂がありますけれど、あなたのような方に複数の式神を制御できる力なんて感じませんもの。虫の式神程度があなたには似合っていてよ」

クスリと華を嘲笑《ちょうしょう》する牡丹に、それまでたいした反応をしなかった華がピクリとする。

自分のことを落ちこぼれと馬鹿にされても今さらなんとも思わない。

これまで散々言われすぎてもはや麻痺《まひ》している。

だが、式神達のこととなると話は別である。

あずはを始めとした式神は華にとって家族同然。

牡丹は華に人型の式神がいることも犬神を式神としたことも、噂だとしか思っていないようだ。

そういう人間は少なくないので構わないが、牡丹はあずはを馬鹿にした。

我が子にも等しい、最初の式神であるあずはを嘲笑《あざわら》われて大人しく黙っている華ではない。

それこそ黙っていたら葵や雅に叱られてしまう。

華はなにを考えているか分からない笑みを浮かべると牡丹に近づく。

そして囁《ささや》いた。

「ねえ、あなたって葛さんのこと好きなんだー？」

「なっ！」

途端に顔を赤くした牡丹だったが、彼女が葛に好意を持っているのは先ほどのやり取りを見ていたらバレバレであった。

桔梗ももちろん知っている様子だったので、華の指摘は決して驚くことではないはずなのに、牡丹は羞恥《しゅうち》に震えている。

「そんなに好きなら告白したらいいのに。桔梗はちゃんと朔に告白してたわよ。……

まあ、秒で断られてたけど」

「華さーん！　なんでその女の前でそれを言うんですか⁉」

悲鳴をあげる桔梗は、牡丹にだけは知られたくなかったのだろう。

慌てふためく桔梗の様子に我を取り戻した牡丹が強気な表情で口角を上げる。

「あら、断られてしまったの？　それは残念でしたわね。おかわいそうに……。けれどよかったのではなくて？　いつまでもうじうじと一ノ宮様の周りをうろついて、さぞご迷惑だったでしょうから。一ノ宮様もうるさい虫がいなくなってせいせいされたでしょう」

牡丹は眉尻《まゆじり》を下げて憐《あわ》れんでいるように見えるが、口元が嬉《うれ》しそうに笑っているので台なしだ。

桔梗は言い返せずに、青筋を浮かべながら口を引き結んでいる。

今にも飛びかかっていきそうだ。

だが、華は別に桔梗をさらし者にしたかったわけではない。

「なに言ってるのよ。断られたとしても勇気を出して告白した桔梗はすごいわ。誰かに馬鹿にされるようなことじゃない。だいたい、うじうじ周りをうろついてるのはあなたの方じゃないの？」

「なんですって？」

「代わりに私が伝えてあげましょうか？　葛さんにあなたのき、も、ち」

ニヤァッと、それはもうあくどい笑みを浮かべる華。

「な、な……」

動揺する牡丹に畳みかける。

「他人のことは散々馬鹿にするくせに、自分は怖がって踏み出せないなんて、どっちがおかわいそうなんだか。私がそんなおかわいそうなあなたのためにひと肌脱いであげるわ」

華は「葛さん追っかけるわよー」と、桔梗と鈴の手を摑《つか》んで本当に歩き出した。

それに大慌てする牡丹が声を大にする。

「おお、お待ちなさい！」

「お礼はいいわよ～」

「誰がお礼の話をしているのですか！　わ、わ、私は別に葛様のことはなんとも思っておりませんわ！」

分かりやすく動揺しておいて、ごまかそうなど無理な話だ。

「ふーん。じゃあ、全然まったく微塵《みじん》も興味ないってあなたが言ってたって伝えてあげる～。もし万が一にも、葛さんが間違ってあなたに好意を持っていたらかわいそうだし」

「待ちなさい！　わざわざ言う必要などないでしょう！」

「えー、なんで？　だってなんとも思ってないんでしょ？　葛さんに余計な期待持たせたらかわいそうじゃない」

「う……」

「ねえ、なんで？」

とことん追い詰めていく華の姿を朔が目にしていたら、「性格悪いぞ」とツッコんでいただろう。

葛への好意は明らかなのに、牡丹は肯定も否定もできずに参っている。

「葛様は忙しいのだから煩わせないでちょうだい！　それに私だって、これ以上あなた達に付き合っている暇はありませんわ。星蘭行きますよ」

最終的には逃げる選択をした牡丹に、華はニヤリと笑う。

「アデュー」

早足で去っていく牡丹の背に向けて、華はヒラヒラと手を振った。

牡丹が見えなくなると、桔梗が華の腕に抱きついた。

「華さん、すごいです。あの似非お嬢を撃退するなんて！　やはりあの女に勝てるのは華さんしかいません！」

目をキラキラさせた桔梗は、まるで英雄を見るがごとき視線を華に向けた。

「さっすが華ちゃん。性格の悪さは天下一品だねぇ」

「鈴、それ褒めてるの……？」

鈴的には賞賛しているつもりなのだろうが、貶《けな》しているようにしか思えない言葉だ。

「もちろん褒めてるよ～」

「まあ、いいや。面倒くさいのはどっか行ったし、お店巡り続けますか」

「うん！」

「はい！」

華の言葉に鈴と桔梗は返事をし、桐矢もこくりと頷《うなず》いた。

＊＊＊

その後も屋台巡りを続けていた華達だが、ふと華の周りを見て桔梗が質問する。

「華さんの式神達は連れてきていないんですか？　楽しみにしているから連れてくるとおっしゃっていたのに」

「あー、葵達ね。来てるわよ。一緒に行動してないだけで、その辺で仲よく遊んでると思うわ。葵が楽しんでいるかどうかは知らないけど……」

華が微妙な顔をした理由は、葵にある。

学祭には朔も様子を見に来るようで、それを知った椿が葵とデートしたいと朔におねだりした結果、好きにしろという葵にとっては絶望するような話が勝手に決められてしまったのだ。

椿は大喜びしていたが、葵は全力で拒否していた。

葵は学校に着くまでは華と一緒に行動するつもり満々でいたのだが、椿は先に学校で待ち構えており、獲物を見つけた狩人《かりゅうど》のような目に恐れをなした葵は、華と一緒にいることを諦《あきら》め脱兎《だっと》のごとく逃げていった。

きっと今も学校内のどこかで元気に追いかけっこをしているのだろう。

いや、もう捕まって楽しくデートしているかもしれない。強制的に……。

自分の式神ではない椿にやめろと命令するなどできないので、葵を不憫《ふびん》に思いながらもどうすることもできないのだ。

もういっそ諦めて受け入れろと助言すべきか迷う。

葵以外の、あずはと雅と嵐はそろって見て回っているようだ。

というのも、食への興味の方が優先される華と、食事をしない式神達とは、見て回りたい店が少し違ってくる。

本当は一緒がいいが、華は好きにさせた。

学祭が行われるにあたり、華が一番に思ったのは式神達も参加させてあげたいということだ。

あずはが華の式神というのは周知されているので、あずはだけはこれまで学校の行事にも連れて歩いていたが、人型である葵と雅を表立って連れ歩くことはできなかった。

しかし、二人の存在も学校襲撃事件以降周知され、学校内を顕現した状態で歩いていても問題なくなった。

まあ、第一学校の生徒全員が葵と雅の姿を実際に見たわけではないので、未《いま》だ初見の生徒に驚かれたりはするが、その存在は知られている。

それは犬神である嵐も同じだ。

学祭が始まる数日前には、新聞部が交流戦にあたって式神達を特集させてくれと賄《わい》賂《ろ》代わりのどら焼きを持ってきた。

あずは、葵、雅、嵐に意思を確認したところ、特に問題ないという答えが返ってきたため新聞部の依頼を受けることになった。

華は特になにかをしたわけでもなく、新聞部は華の式神達を写真におさめ、いろいろ聞き出していたようだ。

本来、式神はカメラには映らないのだが、新聞部の持つカメラは特別製の呪具《じゅぐ》らしく、式神でも写真に写せるようだと華はその時に知った。

そう言われてみれば、以前に望と桐矢の対戦の時も普通に写していたなと今になって思い返して華も納得する。

そうして作られた新聞は学校中に貼られており、それまで葵達を見たことのなかった生徒の間にもその姿が知られるようになったのだ。

新聞部のおかげと言っていいのか微妙だが、式神達が華から離れて行動していても誰もなんとも思わなくなったのは幸いだ。

これまで葵と雅に窮屈な思いをさせてきたのを華は気にしていた。

ただし、葵、雅、嵐を見ても驚かないのは、第一学校の関係者に限った話だ。

柊という人型の式神を持っていることから他校でも優秀と有名な葉月の出涸《でが》らしだと、葉月とは反対の悪い意味で有名な華が、実は強い力を持っていた上に人型二体と犬神を式神としているという話は他の学校にも噂として回っていた。

けれど、他校故に実際に確認した者はおらず、噂だと本気にしない者がほとんどなようだ。

先ほど牡丹に嘲笑《ちょうしょう》されたばかりであることからも分かる。

その気になればいくらでも情報を集められる五家のご令嬢である牡丹がそんな状態なのだから、信じている生徒の方が少ないのは仕方ない。

「きっと人型の式神と犬神が学校中を歩き回っていて、びびってる他校の生徒は多いでしょうね」

華にはその様子がたやすく想像できた。

「それはそうですよ。人型の式神ですら驚くのに、犬神ですからね。神を式神にできる術者は滅多にいませんから」

桔梗が当然のように話す。

「嵐の場合は不可抗力だったからなぁ。嵐じゃなかったら食い殺されていてもおかしくなかったし」

あははっと笑う華だが、実際は笑いごとで済まない危険な橋を渡っていた。

それは誰に言われずとも華もよく分かっているだけに、嵐の気性の優しさに感謝する。

本当に運がよかっただけなのだ。

「犬神は最終種目に参加してもらうんですよね？」

桔梗の目がギラリと光った。

「私が参加するのは式神同士の対戦なんでしょう？　過剰戦力のような気がするんだけどいいの？　別に嵐には見物しておいてもらうだけでもいいけど」

「駄目ですよ、参加してもらわないと困ります！」

式神同士の対戦は決して一対一ではない。

持っている式神が複数なら、それらを全員投入してもいいのだ。

その式神の数もまた、術者の力量と判断されるかららしい。

しかし、ほとんどの学生は一体。多くても二体の式神しか持っていない。

いくらそのうち一体が虫の式神とはいえ、四体もの式神を持っている華が規格外すぎるのだ。

「葵はやる気満々だから参加させるけど、犬神の嵐なんて参加させたらもはや虐《いじ》めにならない？」

相手の式神が瞬殺される未来しか見えなくてかわいそうに思える。

葵一人でも戦力としては十分で、葵自身も昨日から気合いが入り、手加減なく暴れるつもりでいる。

そこに嵐なんて加えたら、どうなるか目に見えているではないか。

「神様使うとかズルしてるような気になるんだけど……」

しかし、桔梗の言葉は強かった。

「いいんです！　似非《えせ》お嬢に勝てるならズルだろうがなんだろうが。犬神大いに結構じゃないですか！　私が許しますのでやっちゃってください。二度と起き上がれないぐらいぎったんぎったんに！」

声にこめられた力が尋常じゃない。

そこまで勝ちたいのかと華は呆《あき》れるしかなかった。

「はいはい、分かった。一応嵐に聞いてからね。嫌がったら強制するつもりはないから」

嵐の性格からして意味のない荒事はあまり好きではなさそうに思う。

妖魔《ようま》相手は別として、なんら害にならない式神となら戦いたくないと断られる可能性を伝えておく。

「その時は私が土下座してお願いします」

「いや、そこまでやるか！」

桔梗の眼差《まなざ》しに迷いは一切ない。

気の優しい嵐なら土下座されてお願いされたら断れなそうだ。

そんなやり取りをしていると……。

「あの、二条院さんですよね？」

その声に反応して桔梗と桐矢が振り返る。

声の方向には男女交ざったグループがいた。

制服であることから黒曜学校の生徒であると分かるが、華の見知った顔はない。

桔梗を見ると、その表情は苦かった。

たまらず華が声をかける。

「桔梗、桐矢、知り合い？」

「……元クラスメイトです」

桔梗は表情を変えず答えた。

「なるほど」

華は突然現れたグループの胸元を見て納得する。

第一学校も他の黒曜学校も制服は同じなので一見すると区別がつかない。

そのため、学祭の間だけ、学校の数字を記したバッジを胸元につけることになっていた。

華達のバッジには『一』とあり、グループの者達には全員『二』の文字が記されている。

つまりは第二学校の生徒ということだ。

第二学校は桔梗と桐矢がいた元の学校。

しかし、桔梗は前の学校では次期当主候補ということで周りから遠巻きにされ、仲のいい友人もいなかったと桐矢が言っていた。

今も、元クラスメイトへの親しみは桔梗から感じられない。

むしろ会いたくなかったとその表情が語っている。

「なんですか？」

ひどく冷めた桔梗の声に華は少しびっくりする。

感情の起伏の激しい桔梗から出た声とは思えなかったのだ。

第二学校の生徒の一人が、躊躇《ためら》いがちに口を開く。

「……どうして転校してしまったんですか？」

「そんなのあなた方に関係ありませんし
「ありますよ！　第一学校に一ノ宮の縁者が多いように、第二学校には二条院のお二人が通うのが当然です」

第一学校は一ノ宮が支援しているため、一ノ宮の関係者が多く通っている。

これまで桔梗と桐矢が二条院の支援を受ける第二学校に通っていたように、その家の縁者が自然と多く集まってくる。

「別に絶対通わなければならないわけではないでしょう？」

厳しい眼差しの桔梗が言うように、第一学校にも三光楼の分家出身なのに通っている鈴のような例外は存在する。

朔と雪笹にしても、家が違う上にお互い本家直系なのにクラスメイトだったというのだから、絶対ではない。

聞くところによると、朔も雪笹も第一学校だったようだ。

なので、桔梗と桐矢が第一学校にいたとしても、誰も文句は言えない。

言えるとしたら家族ぐらいなものだ。

けれど、第二学校の生徒は不服そうにしている。

「それはそうですが、お二人が欠けて、交流戦に支障が出るのは分かっていたはずなのに、無責任ではありませんか？」

まるで桔梗と桐矢が悪いというように責める女子生徒の言いたいことを、華はなんとなく察した。

第二学校は戦闘が得意な者が少なく、毎回ビリ争いをしていたという。

それでも、去年までは次期当主候補に選ばれるほどの桔梗と桐矢がいたのでかろうじてなんとかなっていたようだ。

第一学校でも、桐矢はAクラスで成績のトップ争いをしているようだし、呪具《じゅぐ》作製に関しては桔梗もかなり優秀らしい。

桐矢はまだしも桔梗はそうは見えないが。

そんな二人が抜け、交流戦を前にして第二学校の生徒達が頭を抱えたのは想像にたやすい。

それ故、不満が溢《あふ》れ出ているのだろう。

「呪具作製の部門の優勝は桔梗さんが確実なのに、第二学校にとっては大きな痛手です」

「まさか第一学校で選抜メンバーになるなんて……」

「第一学校は敵なのに、裏切るんですか？」

恨めしげな目が桔梗に向けられる。

そんな視線から守るように桐矢が桔梗の前に立った。

「ずいぶん勝手なこと言ってくれるね」

いつもぼんやり、のんびりとしていて感情の掴《つか》みどころがない桐矢だったが、今の桐矢は分かりやすく感情が現れている。

その表情からも目つきからも怒りが感じられた。

まるで針で刺すような鋭い眼差しに、第二学校の生徒達が怯《ひる》む。

「俺達がどうしようと関係ない、俺達の好きなようにする。裏切るもなにも、そもそも第二学校には思い残すようないい思い出も親しい人間もいなかったし、俺達を責めるのは見当違いだって分からない？」

「それはひどいんじゃないですか？　クラスメイトだったのに……」

「同じ教室にいたってだけでしょう？　仲よくした覚えなんて一つもないんだけど？」

華は口を挟まず傍目《はため》から見ていただけだが、ずいぶんと殺伐とした学校生活を送っていたんだなと感じる。

あの桐矢までがここまで拒絶の姿勢を見せるとは思わなかった。

元クラスメイト達に微塵《みじん》も気を許していないのがよく分かる。

「これだけ周りと溝ができてたら、そりゃあ元の学校に帰りたくないわね……」

華は苦い顔で、誰にも聞こえない小さな呟《つぶや》きを零《こぼ》した。

まるで被害者のような顔をする第二学校の生徒達に華も思うところがあり、必要なら口を出そうとしていたが、その前に桔梗が前に出た。

その眼差しは強く、前だけを見据えていた。

「過去には三光楼雪笹さんも第三学校ではなく、第一学校に通っていました。なにより、第一学校に通うことは当主たるお祖父《じい》様からお許しをいただいています。それをあなた方に咎《とが》められる覚えはありません。それでもなお不服があるのでしたら、正式に家を通してお祖父様に苦情を入れてください」

毅然《きぜん》とした桔梗の態度に、華は感心する。

普段オドオドと弱々しい姿を見せていても、やはり桔梗は次期当主候補に選ばれた五家の人間なのだなと。

第二学校の生徒達は、当主の名前を出された途端に動揺し、うろたえだした。

「ご当主様に苦情だなんて……」

「俺達はそこまでしたいわけじゃ……なあ？」

「う、うん……」

それぞれ顔を見合せると、自分達の不利を悟ったのか、顔色を悪くして逃げるように去っていった。

どうやら華の出る幕はなかったらしい。

必要なら虎の威を借る狐のごとく、朔の名前を出して追い払おうと思ったのだが、必要ないようだ。

華が思っているほど桔梗は弱くないと気づかされた気がする。

などと考えていた次の瞬間。

「華さぁぁん～！」

目をウルウルさせながら桔梗は華に抱きついた。

「もうなんなんでしょうか、あの人達。華さんがよく面倒くさいって口にする気持ちが分かりましたよ～。よく頑張ったと思いませんかぁ？　褒めてください～」

「ははは……」

いつも通りの桔梗に戻ったようで、華はその変わり身の早さに呆《あき》れつつもなんだか安心した。

＊＊＊

紆余曲折《うよきょくせつ》がありつつもあっという間に学祭最終日となり、とうとう交流戦が始まる時がやって来た。

運動場の一角。普段は式神を使った実技などが行われるコートを囲むように、客席スタンドがすり鉢状になっている小さなドームのようなものが作られていた。どの観客にも見えやすいようにとの配慮の下に造られている。

即席ながら、そうとは見えないしっかりした造りで、この短期間によくもまあ、これだけ立派な建物を造ったものだと感心した。

さすが五家の財力と人材力。

観客席は満員となっており、立ち見ができるほど賑《にぎ》わっている。

こんな衆人環視の中で戦うのかと思うと、華はげんなりする。今からでも食べ歩きの旅に出たくなった。

そんなことをすれば、後から桔梗と望がうるさいのは間違いないので諦《あきら》めて参加するが、はっきり言って華にやる気はまったくない。

そんな中で始まった交流戦の一種目目。

まずは呪具作製の部門だ。

エントリーしているのは桔梗である。

お題に沿った呪具を、運営側が用意した道具から選んでその場で作るのである。

遠目からでも桔梗がかなり緊張しているのが分かった。

自分が注目を浴びていることにうろたえていて、今にも泣き出しそうだ。

交流戦は去年も一昨年《おととし》も経験していただろうに慣れた様子はない。

第二学校の生徒達をあしらった時の強い態度はどこに落としてきてしまったのか。

「桔梗ったら、かなり緊張してるみたいだけど、大丈夫？」

選抜メンバーである華は、葉月や望、桐矢と一緒に観客席からではなく裏側から様子を見ていた。

「大丈夫。桔梗はスイッチが入ると周りが見えなくなるから」

桐矢の言葉に華は苦笑する。

「確かに周りが見えなくなる時があるわね」

朔の結婚相手が落ちこぼれと知って突撃してきた時とか、牡丹に食ってかかった時とか。

自信なさそうにしているかと思ったら、対照的に積極的になったりする。

「呪具を作ってる時の桔梗の集中力はすごいから問題ない」

「桐矢がそれだけ断言するなら大丈夫なんでしょうけど、そもそも呪具を作る能力はどうなわけ？　次期当主候補に選ばれてるんだから能力が高いのは分かるんだけど、それは桐矢もでしょう？」

双子は共に二条院次期当主候補。

二条院の当主は、呪具《じゅぐ》を作る能力で決められるそう。

国を支える柱石を守る役割もあるので、呪具を作る力量だけで判断はされないだろうが、選ばれる時の判断材料に大きく影響を及ぼすという。

華は二人が呪具を作っている所は見ていないのでなんとも言えない。

「俺より桔梗の方が作るのは上手《うま》いよ。前回の交流戦でも優勝したし。だから他校からかなり警戒されてる」

この種目にエントリーされた桔梗が空き教室を使って練習しているのは聞いていたが、他校のスパイを警戒して立ち入り禁止にされていた。

スパイなんて……と、華は大げさすぎるのではと考えていたが、葉月と望いわく、珍しいことではないらしい。

毎年、学祭前から学校間で情報戦が繰り広げられるそうで、今回も他校の生徒らしい怪しい者が不法侵入したのが発見されたとか。

あいにく不審者は捕まえられず望が悔しそうに地団駄を踏んでいたが、もはや学校のイベントではないなと、華は恐れおののいた。

厳戒態勢を敷いてようやく迎えた今日この日。最初の種目である呪具作製のお題は武器。

それなら華も雅に与えたピコピコハンマーを作った経験がある。

元は通販で買ったおもちゃであるが、呪具にすることで妖魔《ようま》をも倒す凶器と化した。

ちなみに葵が持っている大剣も元は通販で買って華が呪具にしたものだ。

強い妖魔も一刀両断にするほどの威力もあって、桔梗が興味津々にしていたのを思い出す。

つけ焼き刃の華がそれだけのものを作ったのだから、知識も豊富で二条院の当主候補に選ばれるほどの桔梗に作ってもらったら、さぞ強力な武器が作れるのではないだろうか。

一度桔梗に強化してもらえないか頼んでみようかと考えたこともあったが、葵と雅は華が作ってくれた武器がいいらしい。

そのいじらしさには涙がちょちょ切れそうだった。

呪具の作製時間は三十分。

それまで挙動不審気味だった桔梗は、開始の合図と共に表情を真剣なものに変え、ほとんど迷わず道具を選んで作業を始めた。

そのままではそのあたりのお店で普通に買える無力な玩具《おもちゃ》を呪具へと変えるのには、力の強さ以上に繊細な力の操作を必要とする。

誰一人言葉を発さず集中している参加者の意識を邪魔しないように、必然と観客席も静まる。

そんな中でも声を潜めて会話している大人はいた。

恐らく協会関係者なのだろうか、それぞれの評価を口にしていた。

「やはり、二条院の方の作業の仕方は手慣れておりますな」

「まったくです。さすが次期当主候補に名が挙がるほどだ。あの歳で力の操作を熟知している」

「なめらかな作業手順は学生とは思えませんね」

「力量が明らかではありませんか」

自然と人の目を集めたのは桔梗である。

次期当主候補と周知されているからでもあるが、道具に力を流していく桔梗の作業はとても繊細で、針に糸を通すような細やかさと集中力があった。

他の生徒も選抜されただけあって上手いのだろうが、桔梗と比べてしまうとたどたどしさが目立つ。

「これでは彼女を引き立たせるためのかませ犬のようで、他の生徒がかわいそうになりますね……」

「まったくですな」

などという憐憫《れんびん》を含んだ声が観客席から聞こえてきた。

第二学校の生徒が恨み言をわざわざ言いに来るのも納得である。

まだ完成していないながら、桔梗が勝ったと確信できた。

普段は人型の式神を持つ葉月や、実技で葉月に次ぐ成績の望や、双子の片割れの桐矢の存在で隠れて目立たない桔梗だが、これほどの力を持っていたのかと華は素直に驚いた。

さすがに同じ教室で学んでいるAクラスは知っているのだろうが、呪具の作製は表に見えにくい能力なので派手さはない。

しかし、妖魔と戦い、国を守っていくためには絶対に必要となる力だ。

三十分経ち、それぞれの呪具が完成する。

桔梗が手にしているのは子供でも使えるような安そうなビービーガンだ。しかも、玉は入っていない。

他には竹刀だったり、ブーメランだったりと様々。

そんな種類の違うもので、どうやって呪具の善し悪しを判断するのかというと、そこから突然戦いが始まった。

それぞれ自分で作った武器を使い、他校の生徒を攻撃していく。

あらかじめ聞かされていた華は驚かなかったが、あの桔梗に戦いなどできるのかと心配でならなかった。

しかも、他校の生徒は示し合わせたかのように桔梗一人を狙い撃ちしてくるのである。

「うわっ、ずるい！」

華は手を強く握り、思わず声を大きくしてしまう。集中攻撃を受けるのは、それだけ桔梗が警戒されているということでもあった。

華がハラハラしながら見守る前で、桔梗は最初から狙われると分かっていたように動じる様子はなく、他校の生徒に向けて引き金を引く。

といっても玉は入っていない。

代わりに発射されたのは桔梗自身の力の塊。

華が妖魔を倒す時や、冗談で朔にぶつけたりするあれである。

しかし、呪具を通して発射された力は、力の弱い桔梗のものとは思えないほどの威力を有しており、直撃した最初の生徒は数メートル先まで吹っ飛んでいった。

それを見た華は口元を引きつらせる。

「えっ、なにあの威力」

とても人に向けていいものではない。

吹っ飛んだ生徒が担架に乗せられて退場していったのを、残る敵三人も啞然《あぜん》とした顔で見送っていた。

「なにをしているんですか？　動かないならこちらからいきますよ」

そう言うや、桔梗は三回引き金を引く。

三つ分の力の塊が発射され、残る三人に向かっていくが、先ほどの威力を見て恐怖を抱いた三人は慌てて避《よ》ける。

あっさりと避けられてしまったが、桔梗は不敵な笑みを浮かべた。

なんと、避けたはずの力の塊が、標的となった生徒の後を追いかけたのだ。

これには顔色を悪くして逃げ惑う三人の生徒。

作ったばかりの武器で対抗しようとする者もいたが、強化された桔梗の力の威力は強く、簡単に呪具を壊してしまった。

そうなったら身を守る道具はなく、あとはもう逃げるしかできない。

「う、うわぁぁぁ！」

「きゃあぁぁ！」

逃げ回る生徒に、華は憐憫を含んだ眼差《まなざ》しを向けた。

「追尾機能つきとか、えげつないわね」

「三十分しかなかったのに、よくあれだけのものを……」

葉月も華と似た顔で、同じように生徒達を憐《あわ》れんだ。

心強いはずなのに、敵がかわいそうになってくるとは。

「葉月、去年や一昨年《おととし》も桔梗ってこんな感じだったの？」

ここに来て桔梗を見る目が変わりそうだ。

「前はここまで圧倒的じゃなかったと思うんだけど……」

もはや試合になっておらず、桔梗の独壇場である。

「なんか華がいるから張り切ってるみたい」

などと、桐矢がぽつりと言葉を発する。

「張り切るですむレベルじゃない気がするんだけど……」

結局、追尾機能に追いつかれた生徒達がことごとく吹き飛ばされ、桔梗の圧勝で終わった。

弱そうという桔梗のイメージまでも一緒に吹き飛ばされた瞬間であった。

満足げにニコニコとした顔で帰ってきた桔梗は華に抱きついた。

「華さーん！　どうですか？　私頑張りましたよー」

「うん、ちょっと頑張りすぎかも……」

ここは褒めるべきなのだろうが、やられた生徒達がかわいそうで素直に褒められない。

この交流戦には多くの協会関係者も観覧に来ている。

それは葉月のように、将来有望な術者を見つけてスカウトするためでもある。

もともと黒曜学校の生徒の半数以上が術者協会に就職するが、スカウトされたかされていないかの差は大きい。

優秀だと認められれば、協会での扱いや待遇などもまた違ってくるのだ。

なので、特に卒業を控える三年生の気合いの入れようは大きいのだが、あれほどこてんぱんにやられては泣くに泣けない。

選抜メンバーに選ばれて試合に臨んでいるのだから、十分優秀だと認められた者達ばかりだろうに、自分の有用さを披露する前に退場とは……。

先ほどの生徒達が無邪気に喜ぶ今の桔梗を見たら、悪魔のように思うかもしれない。

これはもう相手が悪かったと諦《あきら》めてもらうしかなかった。

華は憐れな生徒達に向け、静かに合掌した。

そうして一種目目は桔梗が勝利を収めると、他の種目も次から次に行われていく。

術者の学校の交流戦とあって、一般人の学校のような障害物競走や玉入れなどはしない。

華としてはそっちの方が平和で助かるのだが……。

次の種目は妖魔《ようま》を使った討伐の時間を競うもの。

この種目は各学年から一人ずつ参加する。

これにエントリーしている第一の三年生代表は、誰よりもこの交流戦にやる気をみなぎらせていた望である。

妖魔を前にしても怯《おび》える様子はなく、朔に似た自信に満ち溢《あふ》れた不敵な笑みを浮かべており、さすが兄弟だと思わせた。

「本当に妖魔を使ってやるのね」

交流戦が初めての華は驚きでいっぱいの顔をしている。

「どっから拾ってきたのやら」

華が見たところによると、以前にCクラスの授業で使われた雑魚《ざこ》妖魔よりずっと強い。まあ、華にとってはどっちも弱いという評価になってしまうが。

「この交流戦のために、協会の術者が捕まえてくるんですよ。妖魔を捕獲できる呪具《じゅぐ》があるんです。もちろん二条院製ですよ！」

桔梗が我が事のように自慢げに胸を張る。

「危険じゃないの？　Cクラスの生徒も見に来てるのに」

「妖魔を閉じ込める結界は強固ですし、試合場の周りにも同じように結界が張られますからね。観客席に妖魔が行くことはありませんよ。そんなことがあったとしても、協会の術者がそこら中にいますから瞬殺されて終わりです」

「なるほど」

確かに妖魔と望を囲うようにして存在する結界はちょっとやそっとでは壊せないほ

ど頑丈そうな上、強い力を持った術者がいたるところにいるのが感じられた。

観客席の一番見えやすい席には朔の姿もあり、試合場には現在講師として第一学校に来ている雪笹の姿もある。

姿は見えないが、漆黒最強と言われている葛もどこかにいるはず。

漆黒が三人もいる万全の態勢の中で、華の目から見ても弱そうな妖魔が暴れたところで被害は出ないだろう。

桔梗の言うように瞬殺される未来しか見えない。

というか、誰かが手を出す前に、連日に亘《わた》る椿の束縛から解放されて退屈そうに欠伸《あくび》をしている葵が、これ幸いと飛び出していって片付けてしまうはずだ。

術者の頂点に立つ漆黒が出るまでもない。

だが、華の基準なら弱いというだけで、生徒となるとそう簡単にはいかない。

現に、式神の紅蓮《ぐれん》と一緒に戦う望は少々苦戦しているようだ。

「望ったら、あれだけ大口叩《たた》いていたくせにまだ倒せないの？」

絶対勝つ！　と、周囲を煽《あお》っていた望が勝てなければ第一学校の戦意が失われてしまうではないか。

「仕方ありませんよ。けっこう強い妖魔のようですから」

「強い……ねぇ……」

「華さんの基準で考えてはいけせんよ。華さんがおかしいんですから」

「いや、おかしいってなによ」

桔梗は華をなんだと思っているのか。

静かに頷《うなず》く葉月と桐矢にも、じとっとした目を向ける。

「普通の学生は人型の式神を二体も持っていませんし、ましてや犬神を式神になんてできません」

「葵と雅に関してはその通りだけど、嵐は不可抗力よ。嵐の心が広いから私の式神でいてくれてるだけだし」

たたり神から救ったお礼なだけだ。

普通、気位の高い神を式神にするのは命懸けで、簡単なことではない。

「だとしてもすごいことですよ」

「ありがと」

賞賛されることに慣れていない華は、居心地悪そうにしながら話を強制的に終わらせるようにお礼を言った。

そうでなければ延々と賛辞が送られてきそうな勢いだった。

これまでずっと馬鹿にされ、貶《けな》されるのには慣れていても、その逆の言葉をかけられるようになったのはここ最近になってからだ。

葉月のためにと力を隠すのをやめはしたが、賞賛されたいわけではない。

出涸《でが》らしだとか残りカスだとか言われすぎたために、なんともむず痒《がゆ》く感じる。

落ちこぼれと蔑《さげす》まれていた時の方が落ち着くと思うなど、葉月や桔梗からしたら変な目で見られてしまうだろうか。

きっとそうに違いない。

「最終種目で華さんの実力を見たら、似非《えせ》お嬢も度肝を抜かれるに違いありませんよ！」

「別に私はすごいとか思われなくていいんだけど……」

華が望むのは、平穏、穏便、普通である。

交流戦での活躍はそのどれにも当てはまらない。

「たぶん、華の戦いを見たら協会からスカウトがあるんじゃないかしら？」

葉月の言葉は華がもっとも避けたい事態である。

そのため露骨に嫌そうな顔をした。

「騒ぎになったら朔に丸投げするしかないわね」

そうこうしているうちに望の討伐が終わり、大きな歓声が起こった。

疲れた表情で帰ってきた望を労《ねぎら》う。

「お疲れ～」

「見たか。俺の勇姿を」

「あ、ごめん。あんま見てなかった」

あははっと華は悪びれるでもなく笑った。

「なんだと！」

吠《ほ》える望をどうどうと落ち着かせるために、矛先を別の方へ向けさせた。

「ほら、大好きなお兄ちゃんはちゃんと見てたみたいよ」

華が指を差す方向には朔の姿があった。

拍手をしている朔を見つけた望の目がキラキラと輝く。

「兄貴。見てくれてたんだ！」

「よかったわね～」

怒りはどこかへ飛んでいった望にやれやれとなる華。

「それにしても……」

華は朔の隣に座る人物が先ほどからずっと気になっている。

「朔の隣にいるのって誰？　めちゃくちゃヤバそうな人座ってるんだけど」

華が顔を引きつらせた理由は、その人物の容貌《ようぼう》にある。

片目に黒い眼帯をした肩ほどの長さの白髪の老人で、目は鋭く、ひと睨《にら》みで敵を撃退させられそうなほどの威圧感と覇気をまとっていた。

ゲームなら間違いなくラスボスだろうという、只者《ただもの》ではない貫禄《かんろく》を全身から発するその人物。

朔の隣に座っているからにはそれなりに高い地位にいる人間だと思われる。

朔もその年齢からは考えられない迫力を持っているが、そんなものは霞《かす》んでしまうほどの圧倒的存在感だ。

すると、桔梗が驚くべき言葉を発した。

「あの人は私と桐矢のお祖父様《じい》様です」

「えっ！　お祖父様!?　てことは、二条院の当主？」

「はい、そうです」

「……そりゃヤバいはずだわ。さすが五家の当主。常人とは格が違うわね。お義母様《かあ》以上に厳しそうな見た目してる」

「お祖父様は中身も厳しい人ですよ……ははは……」

桔梗の乾いた笑い声には力がない。

「いったいこれまでになにがあったのよ」

桔梗は華の問いかけには答えず、桐矢とともにそっと視線を逸《そ》らした。

そんな会話をしているうちに他の生徒の戦いも終わり、結果を見てみると、苦戦していたにもかかわらず望が堂々の一位だった。

「主様《あるじ》、いくら学生といえど、次代を担う術者がこのレベルでこの国は大丈夫なのでしょうか……？」

そう心配する雅は眉尻《まゆじり》を下げて困惑した表情をしている。

「望本人に言っちゃ駄目よ。落ち込むから」

望は他の選抜メンバーと一緒になって一位になったことを喜んでいる。

わざわざ水を差す必要などない。

「はい……」

普段から華といる雅は、どうしても華と比べてしまう。

しかし、学生でありながらたたり神ですら救う華と、普通の学生を比べるのは酷というもの。

華は力が強い故に普段から妖魔《ようま》に狙われることも多く、授業の一環として実戦を行うAクラスよりずっと経験も豊富だ。

しかも、実戦といっても、Aクラスに回される妖魔は、学生でも対処可能だろうと協会が判断した雑魚《ざこ》ばかりである。

彼岸の髑髏の学校襲撃で、ようやく現役の術者に同行して強い妖魔と戦うようになったが、それもつい最近のこと。

まだまだ経験で華を超えるなんてほど遠かった。

けれど、望が学生の中では実力者なのは間違いなく、拍手はしばらく続く。

続いて桐矢が行うのは結界の強度を競うものだ。

この種目も望の時と同じで、各学校の各学年から選ばれた生徒が参加し、一斉に結界を張ると、教師が呪具《じゅぐ》で次々に攻撃していく。

まずは攻撃力の弱い呪具で。

最初は小手調べなのか全員が防ぎきったが、次に用意された呪具は先ほどよりずっと威力が強く、数名の結界がパリンと音を立てて破壊された。

その瞬間脱落が決まる。

結界を張り続けられた生徒は安堵《あんど》の表情を浮かべ、できなかった生徒は残念そうにしながら試合場から下がっていく。

そして、次、次と、結界を攻撃する呪具の威力が強くなっていき、それとともに結界を維持できなくなる者がどんどん脱落していく。

やはり経験の差か、一、二年の生徒から脱落していく傾向にある。

最初こそ涼しい顔をしていた桐矢も、次第に苦しげな顔をし始めた。

けれど、かなり頑張って耐えている。

「うーん、それなりに頑張ってるが、桐矢もまだまだ修行が足りねぇな」

いつの間にか近くに来ていた雪笹が、値踏みするように試合場を眺めながら顎《あご》に手を当てる。

「そりゃあ、漆黒様と比べたら足りなくて当然でしょうが。学生相手に評価が厳しいわよ。桐矢はまだ十八歳なんだから」

フォローする華に、雪笹は呆《あき》れた表情をする。

「どの口が言ってんだ、お前も学生だろうが。調べたから知ってんだぞ。彼岸の髑髏に襲撃された時に、数え切れない妖魔ごと学校全体に結界を張った規格外な奴がいたって。協会に所属している術者でも難しいことをやってのけておきながら、よく言うよな」

「頻繁に妖魔にからまれるせいで経験値だけは無駄に積んでるからねー」

ツッコむ雪笹に、華は肩をすくめる。

「たぶん後々スカウトが来るぞ」

「あいにく進路は一ノ宮のグループ会社に就職予定よ」

「協会の上層部が黙っていなそうだけどなぁ」

「そこは朔がなんとかするでしょ」

華の意思は契約結婚を求められた当初から朔に伝えている。

華が望むのはごくごく普通の生活だ。

「もったいねー。それだけの力を持っておきながら活《い》かさないなんて、朔もなに考えてんだか」

雪笹は心の底から理解できないという顔で息を吐いた。

そうこうしているうちに、決着がついたようだ。

最後まで第四学校の生徒と残っていた桐矢が勝利した。

疲れきってがっくりと膝《ひざ》をつく第四学校の生徒を試合場に置いて、桐矢が颯爽《さっそう》と戻ってくる。

完全勝利のように思えるが、それでもやはり少し疲れの色が見えた。

「やりましたね、桐矢！　さすが私の弟です！」

「うん。頑張ったよ」

桔梗がテンション高く桐矢にぎゅうっと抱きついた。

本当に仲のいい双子である。

同じ双子でも華と葉月ではこうはいかない。

すれ違いは正されたが、別々にいた時間が長すぎた。

しかし、これからいくらでも挽回《ばんかい》できるはずだ。

メインとなる種目があらかた終わり、総合得点を見るとかなりいい成績を残している。

今回は桔梗と桐矢が第二学校から転校してきたことが、第一学校にとって優位に働いたようだ。

その分、二人をなくした第二学校の成績は目も当てられぬもので、少しかわいそうになる。

だというのに、桔梗ときたら第二学校の存在など頭の片隅にも置かれていないかのように、望と一緒になって大喜びしていた。

「よし！　このままの調子でやればいけるぞ！」

「あの似非《えせ》お嬢をやっつけてやりましょうー！」

拳《こぶし》を天に突き上げる望と桔梗に、他の生徒もつられてテンションが高い。

「これで負けたらどうすんの？」

「華ったら、縁起でもない」

葉月が眉尻を下げ、窘《たしな》める。

「でもさぁ、今の成績は確かにいいけど、最終種目で一発逆転もありえる点数よ。私達にめちゃくちゃプレッシャーかけてることに、望も桔梗も気がついてるんだかいないんだか」

「たぶん気がついてないと思うわ……。どうしよう……」

やはりプレッシャーを感じているのか、葉月が不安そうに息を吐いた。

「まあ、嵐がいるから葉月も気楽にやればいいわよ。学生同士の戦いに犬神なんてチートな存在、反則だと思わない？」

「確かにそうね」

少し葉月の表情が和らいだ。

その嵐はというと、先ほどから姿が見えない。

式神同士を戦い合わせるという試合のことは嵐にも話し、最初こそ難色を示していたものの、桔梗が拝み倒してなんとか了承してもらった。

やはり気位の高い神とは思えぬ優しい神様だ。

基本的には葵と雅が戦うからと、つけ加えていたのも大きいだろう。

葵と雅だけで十分に過剰戦力なのだから、自分の出番はないと思って了承したのかもしれない。

『あるじ様』

あずはがヒラヒラとどこからともなく飛んできた。

「あずは、どこ行ってたの？」

嵐と一緒でずっと姿が見えなかった。

散歩だろうと特に気にはしていなかったが、もう少ししたら最終種目が始まる。

あずはは参加を楽しみにしていたので、帰ってこなければ捜しに行こうと思っていたところだった。

『あのね、嵐がね、変なの見つけたの。それで、あるじ様を呼んできてって』

「嵐が？」

疑問符を浮かべつつ、華は葉月に少し外すと伝えてから、あずはの案内で後ろをついて行く。

そこは人の気配がまったくない校舎裏。

学祭が行われている運動場の方に人が集まっているからではなく、普段からあまり人が寄りつかない場所だった。

そこで嵐がちょこんと座って華を待っていた。

「嵐、どうしたの？」

『華、これを見てくれ』

「ん？」

嵐が鼻先で指し示す先には、掘られた土と、その穴から姿を見せている楕円《だえん》形の石のようなもの。

「なにこれ？」

華はしゃがみこんで半分ほど土に埋まった石を掘り出して手に取った。

ただの道端にある石ころとは違う。

まるで宝石のように艶《つや》のある輝きを持った乳白色の石だ。

「宝石……じゃないわね」

途端に華の顔が険しくなった。

見た目は綺麗《きれい》なのに何故だか薄気味悪さを感じる。

『学校内に入った時から妙な気配を感じてずっと探していたのだ。それで土を掘ったらそれが出てきた。よくないものなのは分かる。恐らく人間の作る呪具《じゅぐ》のようなものだと思うのだが、私はそういう知識には疎いので、あずはに華を連れてきてもらったのだ』

「そういうことね。確かに変な感じがするけど……、これがなんなのか私じゃ分かんないわ。嵐がよくないものって言うなら、神様の勘を無視できないわね。あずは、朔を呼んできてくれる？」

『はーい』

華のお願いを聞いて、あずはがヒラヒラと飛んでいった。

今回の学祭は一ノ宮が主導で行われているというから、来賓をもてなす朔を呼び出すべきなのか少し迷ったが、華の勘も放置すべきではないと訴えてくる。

術者の勘は無視すべきではないというのは、この世界で生きている人間には常識だ。

それは強い力を持った術者のものほどよく当たる。

少しすると、意外にも早く朔がやって来た。

「朔、ごめん。忙しいのに呼び出して」

「いや、いい。ちょうど椿に探らせていたところだったからな」

「えっ？」

「今日学校へ来た時からずっと嫌な感じを受けていたから、椿に異変がないか調べさせていた。だが、なにも見つけられなくてな。葛とも連絡が取れなくてどうしたものかと思っていたところに華からの連絡が入ったというわけだ」

朔がすでに動いていたことに華は驚く。

華は嵐に呼ばれて、ここに来てから異変を感じたというのに。

「やっぱり、漆黒の名は伊達《だて》じゃないってわけね」

「当たり前だ。俺は漆黒の術者であり、一ノ宮の当主だぞ。柱石を守る結界師がそれぐらい気づかないでやってられるか」

「頼もしい限りだわ。ってことで、これなにか分かる？」

華は持っていた石を朔に渡した。

乳白色の石をじっくりと観察していくに従って朔の眉間《みけん》に皺《しわ》が寄っていく。

「……これは呪いを含んだ呪具の類《たぐ》いだ」

「呪い!?　どうしてそんなものが学校のこんな人気のない所に埋まってるのよ」

「俺が知るか。そもそも呪具に幾重にも秘匿の結界が張られている。椿でも場所が特定できなかったのはこのせいだな」

「嵐はちゃんと見つけたわよ。土の中に埋まってたのを掘り出したんだから」

華はまるで自分が見つけたように嬉《うれ》しくなり、ふふんと自慢げに胸を張った。

だが、急に不安になる。

「って、ドヤってる場合じゃないわね。土にわざわざ埋められてたってことは隠してたってこと？」

「だろうな」

「どんな効果のある呪具なの？」

「俺には呪いが含まれている以上のことは分からないな」

「漆黒の朔でも分からないの？」

「ああ。それなりに知識はあるんだが、二条院ほど呪具に詳しくないからな。俺の知らない呪具なんて腐るほどある。ちょうど二条院の当主が来ているし、調べてもらうか」

「ああ、あのラスボスっぽい人ね。桔梗か桐矢の方が気軽に頼めてよくない？」

わざわざ二条院の当主を煩わせるほどではないのではないかと思ったが、朔の表情は険しい。

「いや、漆黒の俺がまったく理解できない呪具だ。そもそも呪いを含んでいる時点で学生の二人に頼むわけにはいかない」

「あー、それもそうね」

嵐がよくない気配がすると探し回ったほどのものだ。

どんな機能があるか分からない上、呪いとなると知識のない学生にはお手上げだ。

「まったく、こんな時に葛はどこに行ってるんだ」

朔が愚痴を零《こぼ》しながら、石を封印しようと結界を張ろうとしたその時、石がぶるぶると震え、目も眩《くら》むほどの光を発した。

危険を感じた朔が慌てて石を投げる。

「ちょ、なに⁉」

「華！」

ひどく焦った朔の声が聞こえたかと思うと、朔に抱き寄せられ、次の瞬間石が音もなく破裂した。

その様子は、朔に抱き込まれていたために華にはなにが起きたのか分からなかった。

土煙が舞い上がる中に沈黙が落ちる。

「うえっほえほっ」

咳《せ》き込む華を離して、朔が華の顔を覗《のぞ》き込む。

「華、大丈夫か？」

「朔こそ」

「俺は問題ない。間一髪だったがな」

土煙が落ち着くと、華達の周りは朔が張った結界に囲まれていた。

さらには、華と朔を守るように嵐が立っている。

どうやら朔と嵐の咄嗟《とっさ》の行動のおかげで難を逃れたようだ。

「嵐、無事？」

『ああ、大事ない』

『あずはも大丈夫』

いつの間にかちゃっかり華の髪に避難していたあずはも、嵐も問題ないようで、華はほっとするが、先ほどの石を中心にクレーターのように地面がえぐれていた。

それを見た華は顔を強《こわ》ばらせる。

「あのまま当たってたらヤバかったんじゃ……」

「ああ。しかも、あの石の周りにも結界を張ったはずなのに、その結界も壊しやがった」

破裂したにもかかわらず音がなかったのは、朔が結界を張っていたからのようだ。

咄嗟に張ったものとはいえ、朔の結界を壊すほどの威力と考えるだけでその危険性がよく分かる。

朔はちっと舌打ちした。

「面倒なことになった」

朔はどこか遠くを見るように空へ視線を向けている。

「なにが？」

「さっきの石はなくなったのに、まだ嫌な気配が残ってる。恐らくこれ一つじゃないな」

「こんなヤバいのが他にもあるっての!?」

華は嵐にも視線を向けると、嵐も頷《うなず》いた。

『うむ。確かにまだ感じる』

「嘘でしょう……」

ヤバいで済む問題ではない。

「ただでさえ学祭で普段より人が多いんだから、早く探さないと。でも、椿でも見つけられなかったんでしょう？」

それならば椿と力が同等な葵や雅でも難しい。

「ああ、くそっ！　どうして俺が当主になってからこう問題が続くんだ！」

朔は苛立《いらだ》ちを隠そうともせず、声を荒らげながら頭を掻《か》いた。

「んなこと言ってる場合じゃないでしょうが」

「分かってる」

朔はみずからを落ち着かせるように深呼吸して冷静さを取り戻した。

「華、嵐を借りていいか？　椿では探せなかったが嵐なら見つけられるはずだ」

「嵐がいいなら問題ないけど、先に学校内にいる人を避難させた方がよくない？」

「いや、これを誰が仕掛けたのか分からない以上、下手に騒いで犯人を刺激したくない。だから――」

「朔様？」

突如呼びかけられた声にはっとして聞こえてきた方向へ向くと、そこには葛の姿があった。

「なんだ、葛さんか」

ほっとした華とは違い、朔は満面の笑顔ながら、こめかみに青筋を浮かべて葛に詰め寄っていく。

なにやらかなり怒っているようだ。

「お前、いったいこれまでどこ行ってたんだ！　何度も連絡したんだぞ」

「申し訳ありません。どうやら集中していたせいで気づきませんでした」

「……集中していたってのは、学校内で感じる嫌な気配のせいか？」

すると、その言葉を聞いた葛が驚いたように目を見張る。

「おや、気づいておりましたか」

「馬鹿にするな。俺は最年少で漆黒になった男だぞ」

「それは失礼をいたしました」

胸に手を当てて謝罪する葛は、有能な執事のように綺麗《きれい》なお辞儀をする。

「ですが、同じ漆黒でも三光楼の次期当主は気づいておられぬ様子でしたので」

「まあ、雪笹はまだ漆黒になりたてだからな。大目に見るべきだろ」

雪笹をフォローしつつも苦い顔をする朔は、気がつかない雪笹に少々思うところがあるようだ。

「それより、どうしてここに来た？」

こんな人気のない場所、理由がなければわざわざやっては来ないだろう。

「こちらから強い力の気配がしましたので、様子を見に来ただけです。どうやら来るのが遅かったようですね……」

葛はえぐれた地面に視線を落とす。

「なにがあったのですか？」

葛の問いかけに、朔は頭を押さえながら答える。

「現物がないから伝えづらいが、呪いを含んだ呪具《じゅぐ》が隠されていた。土の中に埋まっているのを華の式神が見つけたんだ。二条院の当主に確認してもらおうとしたが、その前に爆発しやがった。嵐が見つけなかったら被害が出ていたかもしれん」

「ほお、それはすごい」

華を賞賛するように視線を向けてくる葛に、華はあえて嵐を抱きしめてみせる。

「すごいのは私じゃなくて嵐よ」

「本当に神を式神としているのですね」

なにを考えているか分からない葛の目がじっと華を見つめる。

何故か居心地の悪さを感じた華は、その目から逃れるように朔に声をかけた。

「ねえ、朔。動くなら早い方がいいんじゃないの？」

「ん、ああ、確かにそうだな。悪いが嵐、協力してくれ」

『あい分かった』

そうして捜索を開始しようとしたその時、葛が待ったをかけた。

「お待ちください。捜索は私がしますので、朔様と華様は交流戦が行われている会場にお戻りください」

思ってもみない葛の提案に朔が反論する。

「なにを言ってる。同じ呪具が他にもあるなら一刻も早く見つけなければ大変なことになるだろ。土に埋められていたとなると、故意に誰かが仕掛けたということだ。意図は分からないが、犯人がこれ以上なにかをする前に早急に対処する必要がある」

「だからこそです。朔様に気づかれていると犯人に知られたら過激な行動をしないとも限りません。今はなにも知らぬ振りをして、私が秘密裏に動くのが一番です。焦った犯人が大暴れして、誰かを傷つけては大変ですから」

それは先ほどから朔も危惧《きぐ》していたことなので、グサリと刺さり、朔から反論の言葉を奪い去る。

朔は少しの逡巡《しゅんじゅん》の後、悔しそうに口を開いた。

「……分かった。葛、頼めるか？」

「かしこまりました。犯人に気取られぬように注意を払いながら呪具を探します」

「あ、じゃあ、嵐は葛さんについて行ってくれる？」

『分かった』

「いえ、その必要はありません」

「え、でも、嵐がいないと……」

断る葛に華は困惑するが、葛は笑みを浮かべる。

「先ほどの呪具の発動で、呪具の力の気配は覚えましたので問題ありません」

「そんなこと可能なの？」

自分にはそんな芸当は不可能だと思い、漆黒なら可能なのかと朔を見れば、苦虫を嚙《か》み潰《つぶ》したような顔をしていた。

その顔を見れば朔にも難しいのだと分かった。

「おー、さすが漆黒最強」

華は尊敬の眼差《まなざ》しでパチパチと手を叩《たた》いた。

「お褒めにあずかり光栄です」

にっこりと微笑む葛は余裕があってとても頼もしく見えた。

「柳に連絡しておくから一緒に捜索してくれ」

「一人で構いませんが？」

「念のためだ。お前が強いのは重々承知しているが、不測の事態が起きる可能性もあるだろ」

「そうですね。では柳と合流してから捜索にあたります」

「ああ。頼んだ。それじゃあ、華、行くぞ」

「本当にいいの？　危なくない？」

嵐の協力がある方が絶対に役立つのに、拒否される理由が分からない。

「葛が問題ないと言っているんだから問題ない」

「朔がそこまで言うならとりあえず引くけどさ……」

朔の結界を壊してしまうほどの呪具が他にあると聞いて、心配せずにいられるものではない。

ましてや、兄の柳も行動を共にするというのだ。

「お兄ちゃんも大丈夫なの？」

「葛が一緒だ」

その言葉には葛という人間への深い信頼が感じ取れた。

五章

「華はとっとと最終種目を終わらせてこい」

そう告げて観客席の方へ向かった朔の背を見送り、華も葉月達の所へと戻った。

すると、望にギッと睨《にら》まれ開口一番に怒鳴られる。

「遅い！　もう最終種目は始まってるぞ。不戦敗になったらどうするつもりだったんだ！」

「ごめんごめん。ちょっと野暮用だったのよ」

華が離れている間に、最終種目は始まっていた。

最終種目は式神同士の対決。

トーナメント戦になっており、華の出番は後半だったために間に合ったようだ。

今は葉月の試合が行われているところだった。

華は間に合ったものの、柳は見に来てくれると言っていたが、葛と呪具の対処に向かうのなら試合を見ている暇はなさそうだ。

葉月が落ち込みそうなので華は言わないでおくことにした。

試合場でともにいる葉月の式神は言わずもがな、人型で十歳ほどの男の子の姿をした柊だ。

柊の武器は扇。

人型が最高位の式神と呼ばれるだけあって、柊は他の生徒の式神より段違いに強い。

とはいえ、朔の式神の椿と比べると、残酷に感じるほどに劣ってしまう。

同じ人型の式神でも、力の強い弱いは存在するのだ。

式神の強さは主人の力の強さに左右される。

それ故に、主人の成長とともに式神も力が強まったり弱まったりもしていく。

柊も、葉月が十歳の頃と比べるとかなり強くなった。

華はあまり柊と関わってこなかったので、どれぐらい成長したのかは分からないが、同世代ではダントツではないだろうか。

今も柊が扇を一閃《いっせん》させるだけであっさりと勝利した姿を見れば、その強さに納得させられる。

「よし！」

葉月の勝利にぐっと拳《こぶし》を握る望は嬉《うれ》しそうだ。

しかし華は、そんな葉月ですらこれまで勝てなかったという牡丹に、試合とは無関係に少々興味があった。

「おかえり、葉月」

「華、よかった。戻ってきてたのね。どこ行ってたの？」

　華は少し迷ったものの、真実は隠すことにした。

　当主たる朔がなにも言わないのに、華が話すわけにはいかない。

「嵐を呼びにいってたのよ」

　そう言って嵐のモフモフの頭をぽんぽんと優しく撫《な》でた。

「そう」

　葉月は特に疑問に思わなかったようだ。

　順々に試合は行われ、華の出番が来た。

「早く終わらせたいわね……」

　呪具《じゅぐ》の行方が気になって仕方ない華は、あまり試合を長引かせるつもりもなく、さくさくと試合場に足を進めた。

　多くの観客の視線が華に集まる。

　第一学校の生徒からは声援が飛んでいたが、それらは他の多くの嘲《あざけ》りの言葉に消え、華にまで届かない。

「おいおい、大丈夫かよ。出涸《でが》らしの方じゃん」

「Cクラスの人がなにしに来たんですかぁ？」

「間違って入ってきちゃったんじゃないの？」

「犬神の式神なんて、すぐ分かる嘘ついてまで出たって恥をかくだけなのに」

はやし立てる声と嘲笑《ちようしよう》が四方から華を襲う。

図太い華でなかったら、空気に呑《の》まれて泣いていたかもしれない。

それほどアウェーな空気の中、華の実力を知っている桔梗は憤慨した様子で観客に向かってなにか叫んでいるようだが、周囲の声が大きく華にすら聞こえない。

桔梗達から離れた場所では、様子を窺《うかが》う牡丹の姿も見られた。

その意地の悪そうな笑顔を見る限り、周囲と同じように華を侮っているのが分かる。

あずはを馬鹿にされた時のことを思い出して、華は無性にムカついてきた。

早く終わらせたい気持ちもさることながら、牡丹の度肝を抜きたいという黒い気持ちが顔を覗《のぞ》かせる。

その間も止まらぬ嘲りに対してうるさいなと感想を抱きながら、華がふと観客席に目を向けると、朔の姿が……。

不敵に口角を上げる朔からは、華への絶対的な信頼が感じられる。

とっとと終わらせて周囲を黙らせろ、と言われたような気がした。

「そんな顔されちゃあ、期待に応《こた》えないとねー」

華までもが自信に満ちた顔でふっと笑った。

対戦相手は都合よく牡丹のいる第四学校の女子生徒。

牡丹への挑戦状としてはちょうどいい。

「両者式神を呼び出しなさい」

審判をこなす教師のかけ声を聞き、対戦相手は人の大きさほどもある大蛇の式神を出した。

迫力だけは満点である。

力もそれなりにあるようで、一応選抜メンバーに選ばれただけあるようだが、相手が悪い。

「先に謝っておくわ。ごめんなさいね～」

「は？」

「葵、雅、嵐、おいで」

華はなんとも凶悪な顔で愛すべき式神達の名前を呼んだ。

その瞬間、葵と雅が顕現し、嵐が試合場の外から飛び込んでくる。

「え？　え？」

戸惑いを隠せない対戦相手は、それぞれの式神を見て一気に顔色を悪くしていく。

それは対戦相手だけではなく、先ほどまでうるさかった外野もしんとし、代わりに第一学校の生徒の歓声がよく聞こえるようになった。

「うおぉぉぉ、初っ端《しょぱな》から全力投入ー!!」

「やっちゃってくれぇ!」

「第四学校憐《あわ》れすぎる!」

「私なら泣くわこれ」

「さすが、第一学校のリーサルウェポン!」

などと、言いたい放題だ。

「し、試合開始!」

教師も動揺しているのか声が震えていたが、自分の仕事はちゃんと果たした。

開始の合図とともに、葵は大剣を、雅はピコピコハンマーを構え、嵐は牙《きば》を見せつけるように光らせた。

「皆、思いっきりやっちゃって」

「りょーかい!」

「かしこまりました~」

『グルルル』

華だけでなく葵と雅まであくどい顔をし、あまり乗り気ではなかった嵐ですらノリノリで威嚇している。

その威圧感に、対戦相手と式神はかわいそうなほど体をブルブルと震わせた。

そして、葵達が一斉に飛びかかる。

「い、いやぁぁぁ！」

試合場には悲鳴が響き渡り、試合はまさに瞬殺と言っていい早さで決着がついた。

「おほほほほっ」

高笑いをしながら凱旋《がいせん》を果たす華を出迎えたのは、複雑な顔をした葉月達だった。

「なによ、皆してその顔は」

「……いや、敵ながらかわいそうになったというか」

「もう少し手加減してあげてもよかったんじゃない？」

望と葉月がそれぞれ憐れみの顔で告げると、桐矢もこくりと頷《うなず》く。

「人に勝て勝て言っておいて、それはないんじゃないの？」

華は言われた通りにやっただけだというのに、理不尽だ。

「特に一番煽《あお》ったのは桔梗じゃないの。ギッタンギッタンにしてほしいんでしょ？」

「それはそうなんですけど、あれだけ一方的な試合を見せられると、喜びを通り越してドン引きというか……」

「勝手なことを」

華は呆《あき》れたように息を吐く。

「主《あるじ》ぃ〜。暴れ足りないんだけど」

葵が不服そうに文句を口にする。

「まだ次の試合もあるから、今度は交代で出たらいいわよ。全員はやりすぎみたいだし」

「それなら次は俺がやる〜」

「では、私はその次を」

我先に手を挙げる葵に続き、雅もやる気を見せる。

「嵐は最終戦まで出なくていいわよ。あんまりこういうの好きじゃないでしょ」

『ああ、ありがとう。先ほどは華を侮辱した者達を黙らせようと率先して戦ったが、あまり荒事は好きではないからな。華の式神なのに申し訳ないが、とても助かる』

「嵐はそれでいいのよ。これ以上好戦的な子が増えたら私が困るわ……」

華は大剣を素振りする葵と、ピコピコハンマーを振り回す雅に目を向けた。

この二人がいたら十分すぎるのだから問題ない。

むしろ、やりすぎないように気をつけなければと、華は心に留め置いた。

そして、次々に試合が消化されていく中、勝ち上がっていく華はトーナメント表を見る。

「このままだと、準決勝で先に葉月が牡丹と当たるわね」

「そうみたいね。今度こそ勝てるよう頑張るわ。……けど、不思議だわ。てっきり四道星蘭さんも出ると思ったのに、最終種目どころか他の種目にも出ていないなんて」

言われてみればそうだなと、葉月の言葉で華は気がつく。

かなり優秀な子であると葉月から聞いていた上、実際に会った彼女を見た華の感想としても、牡丹にも引けを取らない力の強さを感じた。

第四学校の他の選抜メンバーなどよりずっと強い。

さすが漆黒最強の男、葛の妹である。

「去年は出てたんでしょう？」

「ええ。だからてっきり今年も出ると思っていたんだけど、なにかあったのかしら？」

葉月は不思議そうに頬に手を当てる。

「いいじゃありませんか。その分邪魔が減って、より一層潰《つぶ》しやすくなったんですからっ！　打倒、似非《えせ》お嬢！　です！」

まるで自分が戦うかのように気合い十分の桔梗に、華はもはや言葉もなくなった。

葉月と牡丹のどちらが勝つかは華では判断できないが、牡丹が勝ち上がってきたとしても負ける気はない。

そしてその通り、華は順当に勝ち上がって先に決勝行きを決める。

その後に葉月と牡丹の準決勝の試合が行われようとしていた。

それまでにない緊張感が漂う空気に、観客も呑《の》み込まれている。

葉月の式神はもちろん柊。

対する牡丹は複数の式神を持っているそうだが、これまで一体の式神しか使っていない。

「白露《はくろ》」

牡丹の呼びかけで現れたのは白い虎。

美しい毛並みを見て、「嵐のモフモフとどっちがモフモフしてるかしら」などと口にした華に、望から冷たい視線が注がれる。

「気にするのはそこか！」

「仕方ないじゃない。嵐の魅惑のモフモフを知ったらもう戻れないのよ！」

そう言い返しながら、華は嵐をぎゅうと抱きしめた。

この素晴らしいモフモフさは神様だからなのか、他の式神もそうなのか、華にはそっちの方が大いに気になる。

などとやり取りをしている間に戦いは始まっていた。

さすが人型の式神だけあり、柊の動きはよく、白い虎を圧倒しているように思える。

しかし、そこへ次なる一手が投入される。

「神楽《かぐら》」

牡丹の呼びかけに応じて、朱色の鳥が姿を現した。

「おー、綺麗《きれい》」

華が思わず見惚《みと》れていると、またもや望に睨《にら》まれた。

本当にツンが多すぎるツンデレである。

朱色の鳥の参戦により、それまで優勢だった柊が対応できなくなる場面が増えてきた。

純粋な力では二体を合わせても柊が勝っているのだろうが、相性というものがある。

空からも攻撃されると、柊だけでは捌《さば》ききれないようだ。

それに……。

「あの式神達、ずいぶん戦い慣れしてるわね。主人も含めて」

華の目から見てもそう思うほど、連携が上手《うま》い。

牡丹の指示も的確だ。

だからより一層柊が苦戦しているのだろう。

「四ッ門は攻撃を得意とする家だからな。そのせいもあってか、四ッ門の本家も分家も含めて、学生でも実戦経験が豊富なんだよ。非常時には妖魔《ようま》との戦いの支援をするために他家に術者が派遣されたりもするからな。葛さんがそうだ。本来は四ッ門に属する術者だが、今は当主交代で妖魔が増えるしばらくの間、兄貴の指揮下に入っている」

「なるほど。そういうことね」

四ッ門の懐刀とまで呼ばれている葛が朔の指示に従っている姿に、華は少々違和感を覚えていたのだが、納得がいってすっきりした。

試合に視線を戻すと……。

「あっ、ヤバい！」

思わず声を張り上げた華の目の前で、柊が二体の式神から同時に攻撃を受け、地面に倒れた。

それでもまだ起きようとする柊に、葉月が悲鳴のような声を上げる。

「柊、もういいわ！　無理しないでっ！」

自分が傷を受けたように痛そうな顔をする葉月に視線を向けてから、柊は体から力を抜き、すうっと消えていった。

式神なので術者さえ無事なら、時間が経てばすぐに治る。

そうは分かっていても、式神を家族のように感じている者の方が圧倒的に多いのだ。

だからこそ、傷ついた姿を見るのは辛《つら》い。

「はぁ、学校のイベントとはいえ、式神を傷つけるような真似は好きになれそうにないわ」

深いため息を吐く華に桔梗も同意するも……。

「そうですね。けれど、必要なことです。術者となって戦うからには式神との連携は必要不可欠。この交流戦はそれを学生に教えるためでもあるんですから」

「分かっちゃいるけどねぇ……」

落ち込んでいる葉月は、きっと負けた結果よりも柊の心配をしているに違いない。

「かわいそうじゃない」

「華さんの言いたいことは分かります。が、これまで容赦なく相手の式神をボコボコにした華さんが言うのはおかしいと思います!」

「確かに」

「まったくだ。お前が言うな」

桔梗の強い主張に、桐矢も望も深く同意し華を責めた。

「う………」

さすがの華も自覚があったために反論の言葉をなくす。

痛い視線から逃げるように、戻ってきた葉月に声をかけた。

「葉月、仇《かたき》は私が取るから安心して」

「うん……。お願いね」

華は満を持して最後の試合に挑む。

牡丹との一騎打ち。

牡丹は余裕そうな表情で華を待ち構えていた。

「あら、逃げなかったことを褒めて差しあげますわ」

「片割れの仇は打たないとね」

「ふふっ」

牡丹がおかしそうに笑う。

見た目だけは深窓の令嬢なのだが、いかんせん中身は攻撃に特化した四ツ門の娘というだけあって非常に好戦的だ。

「勝てると思っているんですか？　確かに人型は脅威かもしれませんが、人型だからといって必ず勝てるわけではないのですよ？　犬神もしかりです。主人が無能であれば宝の持ち腐れです。どのようにして犬神を式神としたか知りませんが、きっと一ノ宮様のお力なのでしょうね？　あなたには虫の式神がお似合いですもの」

牡丹はまたしてもあずはを軽んじたのである。

「……くくくっ。一度ならず二度までも、あずはを馬鹿にして」

不気味な笑い声を発する華にスイッチが入った。

「だったら、二度と無能だなんて口にできないように徹底的に仕留めてあげる」

ニヤァと笑った華は、『自重』という言葉をポイッと放り投げ、人差し指を前に出す。

「あずは、おいで」

するといた華の髪に止まっていたあずはがヒラヒラと飛んで華の指に止まった。

「葵、雅、嵐。悪いけど手出ししないでくれる？」

「まあ、仕方ないか」

「そうですね。ここはあずは姉様にお譲りいたします」

『うむ』

華にとって切り札とも言える式神達を下がらせ、虫の式神だけとなったことに牡丹は唖然《あぜん》とする。

「あなた、まさかその虫で私と戦う気ですの？」

「そうよ」

「正気⁉」

信じられないと驚く牡丹。それは牡丹だけでなく……。

「いやいや、駄目だろ」

「最下位の式神だぞ」

「わぁぁ！　頼むから犬神だけでも残してくれ！」

「なんでそんな無謀なことすんだよ！　これで勝ったら優勝なんだぞ！」

ぎゃあぎゃあと外野がうるさい。ほとんど第一学校の生徒だろうが、華は徹底的に無視した。

「あなたの言う虫ごときの力、見せてあげるわよ」

華の顔は絶対的な自信に満ちていた。

「そうですか。弱い者虐《いじ》めは気が進みませんが、身のほどを教えるのも強者の役目ですわね。白露、神楽」

牡丹の前に、白い虎と朱色の鳥が立ち塞《ふさ》がる。

開始と同時に動いた牡丹の式神は、最初から手加減なしにあずはを襲うが、あずははヒラリヒラリと優雅にかわしていく。

その姿はまるで牡丹の式神を弄《もてあそ》ぶかのよう。

虫ごときすぐに倒せると思っていた牡丹が、明らかに苛立《いらだ》っているのが表情に出ている。

「一番最初に食ってかかってきた時の、のっぞむ君と同じ顔ねぇ」

華はちらりと望を見ながら、意地の悪い笑みを向ける。

華の声は届いていないのだろうが、なんとなく言わんとしていることは伝わったようで、望は苦虫を嚙《か》み潰《つぶ》したような顔をした。

「あずはー、そんなのに時間かける必要ないからやっちゃって」

『はーい』

舌っ足らずな発音で返事をするあずはは、抑えていた力を発現させる。

鮮やかに色づくあずはの羽とともに、膨大な力が周囲にも伝わり、感じられた者から順に驚いた顔をしていく。

もちろん牡丹もその一人だ。

最下位の虫ごときなどと言えなくさせるほどの大きな力。

あずはは牡丹の式神達の攻撃をかわしながら、羽からキラキラとした光の粒を撒《ま》く。

もろにそれを食らった牡丹の式神は、ブンブンと顔を横に振る。

そして、次の瞬間には味方同士で戦い始めた。

「な、なにをしているんですか、白露、神楽⁉　やめなさい！」

命令を聞かず、戦い合うのをやめない自身の式神達に困惑する牡丹を嘲笑《あざわら》うかのように、あずはがヒラヒラと舞い飛ぶ。

「いつもながら、あずはは姉の洗脳はヤバイよな。あれ食らったら俺でもわけわからなくなるし。初見の奴はそりゃあ、ああなるさ」

「まったくですね。あずはは姉様を馬鹿にしたことを後悔するといいですよ」

『これで、評価はがらりと変わるだろう』

葵、雅、嵐がそれぞれ感想を言い合っているうちに、牡丹の式神が相打ちをして試合はあっさりと決着した。

そのあまりにも呆気《あっけ》ない結末に、牡丹は開いた口が塞がらず、観客もどよめいている。

『あるじ様〜。あずは勝ったよー』

ヒラヒラと飛びながらあずはが華の下へ戻ってくる。

「すごいわよ、あずは。二体の式神相手に偉いわね」

『えっへん』

相好を崩して褒める華。

しかし、空気を切り裂くように牡丹が声を発する。

「不正よ！」

あずはに向かって指を差す牡丹は、怒りからか目を吊《つ》り上げてわずかに体を震わせている。

「虫の式神が私の白露や神楽を倒せるはずがないわ！　なにか裏があるのよ！」

「認めたくない気持ちは分かるけど、これが現実よぉ。自分が無様に負けたからって難癖つけてくるなんて恥ずかしくないの〜？　まあ、あれだけ自信満々にしてた上に、散々虫の式神って馬鹿にしてたあずはに負けた時点で、めちゃくちゃ恥を晒《さら》してるんだけどねぇ。おかわいそうに」

　あえて、よく牡丹が口にしていた「おかわいそう」という言葉を使う。

　嫌みったらしく嘲笑う華は誰がどう見ても性格が悪い。

「文句があるなら、この場にいる漆黒の術者達に言ってみたら？　現実を諭されるだけでしょうけどねぇ」

「〜〜くっ」

　もう用はないとばかりに、悔しげに歯噛みする牡丹に背を向け華は試合場から離れる。

「ほっほっほっ」

　最後にわざとらしく高笑いを忘れないところが華らしい。

　観客席もいまだざわつきが収まらない中、戻ってきた華を迎えたのは勝利を祝う言葉ではなく、沈んだ空気。

　望などは壁に手をついてうなだれている。

「望、なにしてるの？」

「うるさい。古傷が疼《うず》いただけだ」

「あー、望君もあずはを虫ごときって侮って、ボッコボコにされたものねぇ」

「望君って言うな、君って！」

　華が『望』ではなく『望君』と呼ぶ時は、だいたい望をからかう時だ。

それを分かっているからこそ怒鳴りつけてくる。

まあ、それぐらいで華は遠慮してやめたりはしないので意味はない。

「というか、せっかく勝ったのに喜ばないわけ？」

誰より牡丹を倒してくれと懇願していた桔梗ですら、喜ぶというより困惑顔でいる。

「確かにあの似非《えせ》お嬢をコテンパンにしてくれて嬉《うれ》しいんですけど……。これまで苦労していた彼女の式神二体を相手に、たった一体の虫の式神であそこまで力の差を見せつけられると、今までなんだったんだろうなと……。今さらですけど、華さんの強さを実感しました」

「うん」

桐矢も同意し、葉月までもどこか落ち込んでいるように見える。

「さっき四ツ門のお嬢様が言ってたじゃない。人型だからって必ず勝てるわけじゃないって。あずはの能力の方が上ってだけでしょ。驚くことじゃないわよ」

「そうですけど……」

「そもそも、多くの術者が虫の式神というだけで下に見すぎてるだけなのよ。もっと警戒していたら違う結果になっていたかもしれないのに」

華からしたら不満でしかない。

しかし、これで虫の式神――あずはの有用性を知らしめられたはず。

「二度とあずはを虫ごときなんて言わせないわ」

これまで落ちこぼれと蔑《さげす》まれてきた華だが、あずはを侮られることに関しては昔からずっと不服だったのだ。

牡丹だけでなく、周囲の者にもやり返せたようで少しすっきりした。

＊＊＊

交流戦のすべての種目が終わり、華は急いで会場裏へ向かう。

最終種目で華が勝利したおかげで、総得点数で第一学校が優勝となるのは間違いない。

だが、結果を見る前に飛び出してきた。

呪具《じゅぐ》の行方の方が、比べものにならないぐらい大事なのだから当然だ。

さっさと終わらせるつもりでいたのに、思わず呪具の存在を忘れて力が入ってしまった。

今頃、葛と柳が学校内を探っているはず。

朔は一ノ宮当主としての役割もあるので、恐らく自由に動けないだろう。

本当なら華も動くべきではないのかもしれない。

見つけた呪具は呪いが含まれているというので、学生の華が関わるのはよろしくないが、呪具を最初に見つけたのが嵐というなら、嵐の力が葛達の役に立つはずだ。

急いで合流しようと、式神達を連れて走る華の後ろから声をかけられた。

「一瀬華さん！　ちょっとお待ちなさい！」

一瞬だけ振り返ると、声の主は牡丹だった。

まだ文句を言い足りないのだろうか。

牡丹に構っている余裕がない華は無視することにした。

速度を落とさず走る華に、さらに声がかけられる。

「ちょっ、どうして止まりませんの⁉」

「主様《あるじ》、よろしいのですか？」

雅が困ったような顔をしているが、無視一択だ。

「今は構ってられないからね」

そのまま会場の裏へと回った華は、床に座り壁にもたれかかっている柳を見つける。

「えっ、お兄ちゃん？」

びっくりして足を止めた華は、柳に近づき肩に手を置く。

すると、華を追いかけてきたのか牡丹がやって来る。

「ちょっと、あなた……。え、どうなさったの？」

牡丹は怒りながら文句を言おうとしていたようだが、柳の姿を見て顔色を変える。

「この方、確か一瀬柳さん。あなたのお兄様ではありませんか？」

「そうよ」

「どうしてこんなところで寝ているんです？」

「……寝てるんじゃないわ」

華が柳を触った手を見ると、べったりと赤い血がついていた。

「ひっ」

驚き引きつったように息を呑《の》んだのは牡丹だ。

驚いているのは華も同じだが、思ったより冷静だった。

肩を触ったのでそこを怪我しているのかと思ったが、葵と雅の手も借りて柳をゆっくり動かして寝かせると、血を流しているのは頭からだった。

「これをお使いなさいな」

素早くポケットからハンカチを出して華に渡す牡丹の行動に目を丸くした華だが、ありがたく受け取り柳の傷口に当てる。

「お兄ちゃん。お兄ちゃん！」

声をかけるが返事はなく、意識が戻る様子もない。

「一体なにがあったのよ……」

「主様、早く傷の手当をしなければ」

「朔に連絡して手配してもらうわ」

柳は葛とともに呪具の捜索にあたっていた。

その過程でなにか問題が起きたのだろう。

他に気になるのは葛の姿が見えないことだ。

しかし、柳を助けるのが先だと、朔に電話をしようとしたその時、ドーンという大きな爆発音が響き、足下までもがわずかに揺れた。

「次はなんですの⁉」

牡丹がオロオロと周囲に目を向ける。

一度で終わったかと思われた爆発音は何度も聞こえ、その音はだんだん交流戦が行われているこの会場に近づいてきているように感じた。

「まさか呪具が発動したの？　でも、葛さんがなんとかしてるはずなのに」

最初は嵐をつけようとしていたのだが、葛には呪具の力の気配が分かるから大丈夫だと断られた。

漆黒の葛が自信満々にしていたので、華が嵐を連れ助けに入るまでもなく、すでに回収できたのではないかとも思ったが、間に合わなかったということなのか。

こんなことなら無理にでも嵐をつけるべきだったと華は後悔する。

焦り始める華に声が届く。

「華……様……」

ほぼ牡丹と同時に振り向いた華の目に飛び込んできたのは、ボロボロの姿になった葛だった。

「葛様！」

牡丹が慌てて葛に走り寄る。

「どうなさったんですか⁉」

「牡丹……」

葛は少し驚いたようにわずかに目を大きくした後、華に目を向ける。

「少し甘くみていたようです。彼岸の髑髏を裏で操っていた者に遭遇し、対処しようとしたのですが、柳が先にやられて……。守りながらでは対応できず……」

「なんてことでしょう！　葛様が遅れを取るなんて」

牡丹は信じられないとひどく驚いている。

「その彼岸の髑髏はどうしたんですか？」

牡丹とは違い、冷静な声の華。

「彼らはなんとか撃退しました。しかし、彼らが仕掛けた呪具がまだ放置されたままです。先ほどの戦いで消耗してしまった私の力では封印できません。どうか、華様のお力を貸していただけませんか？」

　華はなにを考えているのか、じっと葛を見つめる。

　そして、少しの間の後、床に寝かせた柳の傷口を押さえていた手を離して立ち上がる。

「雅。すぐに誰か呼んでお兄ちゃんの救護を求めて。朔はきっとこの騒ぎで人の心配をしているどころじゃないと思うから」

「かしこまりました」

　すっと雅が消え、華が強い眼差《まなざ》しを葛に向ける。

「案内してください」

「ありがとうございます……。華様」

　全身傷だらけの葛に華は案内される。

　そこには牡丹の姿もあり、華は困った顔をした。

「どうしてあなたまで来てるのよ」

「葛様の一大事におそばを離れるなどできません。漆黒の方には敵《かな》いませんが、これでも四ツ門の次期当主候補なのですから、彼岸の髑髏の関係だと知っては放置できませんもの」

　使命感に燃える牡丹に、華は小さく舌打ちする。

「足手まといにならないといいんだけど……」

牡丹に聞こえないほどの声で呟《つぶや》く華は静かに葛を見てから、あずはにひっそりとなにかを命じた。

すると、あずはは音もなく華から離れていく。

そして急いで向かったのは、学校の敷地内でも、現在もっとも人が集まっている交流戦が行われている場所とは真逆の位置にある校舎の庭。

爆発の影響もあってか、人の気配はない。

静かすぎるこの場所で足を止めた葛に、牡丹は心配そうに声をかける。

「葛様、大丈夫ですか？」

痛々しそうな顔で葛に寄り添う牡丹の腕を摑《つか》むと、華は葛から引き離した。

「なにをするの!? 離しなさい」

「……ねぇ、私が気づいてないと思ってるの？」

華は牡丹に構わず、冷え冷えとした目で葛を見据える。

「だとしたら、ずいぶんと馬鹿にされたものね」

牡丹は意味が分からないという顔をしているが、葛はそれまでの優しげな相貌《そうぼう》を不気味に歪《ゆが》めた。

葛がニィと笑うと、次の瞬間にはボロボロだった姿が、傷一つない綺麗《きれい》な姿へと変わっていく。

「まさか気づかれているとはね」

これまでと変わらない笑みを浮かべる葛。けれど、受ける印象はまったく違っていた。

まるで天使の皮が剝《は》がれた悪魔のように。

「あずははそういう術が得意なのよ。前にもあずはの能力で葉月に姿を変えたこともあったからね。だからすぐに見せかけだって気がついたわ」

「まったくの予想外です。それほどの力があるとはね」

警戒心を隠そうともしない華を前にして、葛は嬉《うれ》しそうに愉悦していた。

「君には見込みがありますよ」

「それはどうも」

軽口を叩《たた》きながら、華は牡丹を庇《かば》うように立ち位置を変えていた。

「お兄ちゃんが怪我していたのはあなたのせい？」

「そうですよ。少し邪魔でしたのでね」

「っつ！」

あれほどの大怪我をさせておきながら、些末《さまつ》なことだというように笑みを浮かべる葛に、華の眼差しは自然と鋭くなる。

「なら、嵐が見つけた呪具《じゅぐ》もあなたが仕掛けたってことかしら？」

葛は答えなかったが、笑みを深くする。

それはもう肯定したようなものだった。

「なるほどね。嵐をつけようとしたのを断るわけだわ」

「せっかく苦労して埋めた呪具を、片っ端から見つけられては困りますからね」

葛は学祭の下見といって、何度も学校に来て敷地内を歩き回っていた。

それが警備のためと知っていた教師も生徒も誰一人不審に思わない。

呪具を埋める機会はいつでもあったのだ。

すると、これまでで一番大きな爆発音が交流戦の会場の方から聞こえてきた。

反射的に会場の方向に目を向ける華だが、朔がいるから大丈夫だと冷静さを失わないよう自分をなんとか抑えつける。

「この爆発は葛様が起こしたのですか？　ど、どうしてそんなことを……」

華に守られる形の牡丹が震える声で問う。

詳細には理解していないだろうが、華との会話で今の騒動の原因が葛であることは察したようでショックを受けている。

「まったくだわ。理由はなに？」

華が問いかけるそばで、葵と嵐がいつでも動けるように警戒している。

「納得がいかないからですよ。国も術者の世界も、五家に支配されている今の現状のすべてがね」

「彼岸の髑髏と同じ思想ね。二番煎《せん》じすぎてまったく驚けないわ」

「その彼岸の髑髏を裏で操っていたのは誰だと思います？」

毒気を抜かれそうなほど爽《さわ》やかな葛の笑みは、逆に薄気味悪さを感じさせる。

「あれは二条院の関係者で……」

そこまで口にしてから、華は朔が以前に話してくれたことを思い出す。

手引きをしたという二条院の術者は行方不明。

さらには彼岸の髑髏は全員呪い殺された。

華は目の前で笑う葛に嫌な想像をした。

「あなたが手引きしていたの!?　彼岸の髑髏が呪い殺されたのだって……」

「くはははは っ」

葛はおかしそうに声を上げて笑った。

「さあね、あなたはどう思いますか？」

まるで華の反応を楽しむかのような葛に、華は苛立《いらだ》つ。

「ごまかしてんじゃないわよ！」

「そんなに怒らないでください。ただ、使い勝手がいい道具があったら使うでしょう？　そして役に立たなくなったら廃棄する。ただそれだけです」

「こいつ……！」

人の命をなんとも思っていない。

「おかしなものですよ。漆黒の術者というだけで、誰一人、それこそ朔様ですら私を疑いもしない。私が呪いの扱いに長《た》けていると知っているはずなのにね。漆黒を得ていても所詮《しょせん》その程度ということです。五家の当主がそのざまで嘆かわしいとは思いませんか？」

肩をすくめる葛は、朔すら見下しているのが分かる。

確かに葛の言う通りなのかもしれないが、それはそれだけ朔が葛を信頼していたということでもある。

「朔があなたを信じてた証《あかし》でしょう？　それだけ一ノ宮当主に信用されて、漆黒最強とまで呼ばれて、どうしてテロリストみたいな真似するのよ。そんなことしなくても地位も名誉も保証されているじゃない」

術者として大成しなかった結果、術者崩れとなり、五家に不満を抱いていた彼岸の髑髏とはわけが違う。

「そこが問題なのですよ」

途端に葛から笑みが消える。

「誰より優れた力と知識。五家の当主ですら敵わない力を持っているというのに、ただ五家の生まれではないというだけで、私は五家の命令に従うコマでしかない。五家ではないという、ただ、それだけでっ！」

冷静に話していた言葉が最後の方では苛立たしそうに荒らげられる。

「どうして許せるのでしょうか！　私より弱い分際でありながら私に命じるなど！」

興奮から一気に熱が冷めるように、葛の口調も落ち着いていく。

「許せない。ならば潰《つぶ》してしまえばいい。そして、私が新たな家を興し結界師となる。そうすれば、もう誰も私に命令できない」

くくくっと笑う葛を、華は冷たく見つめる。

「安直な男ね」

華は葛を嘲笑《あざわら》う。

ピクリと反応する葛が華に目を向けた。

「命令されたくない？　そんな理由で五家を潰されたらたまったもんじゃないわよ！　結界師は国の要《かなめ》。確かにはたから見たら権力も財力も持っていてよく見えるかもしれないけど、柱石を守る当主は重責と覚悟を常に持っているわ。あなたが考えるような軽々しいものじゃない！」

華は知っている。

朔の覚悟と決意。そして、自己犠牲もいとわない、絶対に守ると決めた人と国への深い愛情。

実際に当主となる者は諦《あきら》めなければならないものがたくさんある。

結婚もそうだ。決して好きという感情だけでは結婚できない。力が伴っていなければ、柱石の結界を補強できないから。

そして、その人生は柱石を守るために存在し、命すらも国のために捧《ささ》げられている。

「あなたが結界師になんてなったら、あっという間にこの国は終わるでしょうよ」

「ずいぶんと知ったような口をききますね」

「知っているわよ。これでも私は朔の妻ですもの」

柱石を守るために必死で力を注ぐ朔の姿を見てきた華は、胸を張って答える。

「命令されるのがそんなに不快なら、術者なんかやめて外国に行ったらどう？　誰も止めやしないわよ」

こんな危険人物を国内に置いておく方が問題だ。

きっと朔も同意するだろうが、葛がこんな人間だと知ったら落ち込むかもしれない。

「分かったら、とっとと呪具のありかを教えなさい」

朔にも負けぬ傲岸不遜《ごうがんふそん》な態度で問う華だが、内心ではかなり焦っていた。

やまぬ爆発。

それは至る所から聞こえ、その規模も大きくなっているような気がする。

さらには、これまで爆発音以外は静かだったこの場所にまで、人々の悲鳴が聞こえ始めていた。

早くなんとかしなければ危険だと、焦燥感が募る。

けれど、自分一人で果たして漆黒最強と呼ばれている葛を止められるのか、華は自信がない。

「これがなんだか分かりますか？」

突然葛はポケットからサイコロのようなものを取り出して華に見せつける。

不審に思う華。

「これにはね、私がこれまでに出会った強力な妖魔《ようま》を封じているんですよ」

葛の意図が分からない華は、静かに耳を傾ける。

けれど、きっとろくなものじゃないということだけはなんとなく分かった。

「この学校の至る所に妖魔を封じたこの呪具《じゅぐ》を、君の犬神が見つけた呪具とともに置きました。あの石は時限式で、時間が来たら爆発するようにしてあります。その爆発によって呪具が壊れ、中から漆黒が相手をするような妖魔が溢《あふ》れ出てくるというわけです」

漆黒が相手をするような妖魔……。

それはほとんどの術者が相手にできないと言っているようなものだ。

「学校内には生徒もたくさんいるのよ。全員殺す気⁉」

「その通り。これは五家への反逆の狼煙《のろし》をあげた開幕を祝う祭りなのです。術者の世界は一度すべてを壊し、一から作り直す必要がある。名ばかりの無能な術者の卵達には私の栄光の第一歩のため生贄《いけにえ》になってもらいます。もちろん死んだ者達の命は無駄にはしませんよ。呪いの媒体として、後から一滴残らず活用して差し上げます」

「こいつ、マジで感覚がぶっ壊れてるわ」

舌打ちする華は忌まわしげに顔をしかめる。

「今頃、爆発によって封印が解けて無能どもを襲っていることでしょう」

「理解に苦しむわね」

「そうですか？　むしろあなたなら理解してくれると思ったのですけどね」

「誰がよ！」

「落ちこぼれと蔑《さげす》まれてきたのに、本当の落ちこぼれはあなたではなく周囲の方だった。弱いくせに嘲笑ってくる無能な術者達の世界を、ぶち壊したいと思ったことはありませんか？」

「…………」

華は答えない。

ただじっと、揺るぎない強い意志を宿した眼差《まなざ》しで葛を見据える。

そんな華に葛は手を差し出した。

「一緒にどうですか？」

「お断りよ」

華は即答した。

なにがおかしいのか楽しげに笑う葛に、華の後方にいた牡丹が声を上げる。

「嘘ですわよね、葛様。なにかの冗談なのでしょう？　そんな悪趣味な冗談、葛様らしくありませんわ。早く皆様を助けに参りましょう。葛様のお力があればすぐに解決いたしますもの」

まだ希望を捨てきれない。いや、信じたくなくて目を逸《そ》らしているのだろう眼差しで、葛をすがるように見つめる牡丹。

しかし、牡丹にとって現実は非情だった。

葛は邪魔くさそうに牡丹を見る。

それは昔から知っていただろう、親しいはずの人間に向けるものではなかった。

「牡丹、私はね、君のそういうところが鬱陶《うっとう》しかったんですよ。せめて華様ほどの力があればまだしも、弱い君に懐かれるのは虫唾《むしず》が走る」

「かずら……さ、ま……」

牡丹は激しくショックを受け、顔を強《こわ》ばらせる。

口には出していなかったが、牡丹の反応は分かりやすく、牡丹の気持ちに葛が気づいていないとは思えなかった。

そんな牡丹に対して今のような言葉はあまりにひどすぎた。

「けれど、それも今日までです」

葛は華と牡丹に向けて、妖魔が封じられているという呪具を投げつけた。

地面に落ちた瞬間、数え切れない妖魔が現れる。

「主《あるじ》!」

『華!』

慌てて葵と嵐が守るように立ち、華達が妖魔に気を取られている間に、華達と妖魔を丸ごと包むように結界が張られていた。

葛の方を見れば、別の呪具を手に持っていた。

「結界を張る呪具です。覚えはあるでしょう?」

以前、学校襲撃の時に使われたものだ。

「それではこれで失礼します」

にっこりと微笑んで去っていく葛を慌てて追いかけようとしたが、妖魔が邪魔をする。

「ちょっと、待ちなさい！」

そんな呼びかけで止まるはずもなく、葛の姿はどんどん遠くなっていく。

「ああぁぁ、もう！　なんだってのよ！」

頭の中がめちゃくちゃだ。

しかし、ゆっくり整理している暇などない。

華達を囲む妖魔は、葛が強力と言っていただけあって強いのが伝わってくる。

しかも、華が懸念した通り、足手まといになっている人物がいた。

現実を受け止められず放心状態の牡丹である。

彼女を守りながらの戦いは苦戦した。

せめて牡丹が妖魔を倒すまではできなくとも、自分の身を守るぐらいしてくれたなら戦いは楽になるのに。

「そんな……。葛様……」

葛のことで頭がいっぱいでそれどころではない様子の牡丹の胸ぐらを摑《つか》むと、華は一切の遠慮がない平手打ちを頰にお見舞いした。

バチンッと痛そうな音が響き、やっと牡丹の意識が華に向く。

「なにやってんの！　嘆くのは後にしなさい！　あなたはそれでも四ツ門の人間なの⁉　五家の誇りを失うんじゃない。今こうしてる間も、危険にさらされている人がいるのよ！　人を、国を守るのが術者の役目でしょう？」

「あ……」

「しっかりしなさい！」

華の叱咤《しった》にようやく牡丹がゆっくりながらも動き出す。

「は、白露、神楽」

学校襲撃の時に使われた結界の呪具であれば華なら壊せるが、そうすると妖魔までもが解き放たれてしまう。

かと言って、強い複数の妖魔を牡丹一人に任せるのは難しそうだ。

仕方なく葵と嵐で妖魔を倒していくが、すべてを滅してから結界を壊した時には、すでに葛の姿はなかった。

＊＊＊

一方、会場にいた朔は混乱した人々をまとめながら、爆発とともに現れた妖魔の対処に追われていた。

予想以上に妖魔の力が強く、対処が間に合わない。

雪笹も率先して妖魔を屠《ほふ》っていくが、人手が足りなかった。

「くそっ」

思うようにいかず苛立《いらだ》ちを隠しきれない朔のところに、二条院の当主がやって来る。

「朔殿よ。ここはわしに任せなさい」

「しかし……」

「原因を根絶する方が先だ。この騒ぎを起こした者がいるはず。これ以上被害を出す前にそちらを優先させなさい」

朔と二条院当主の視線が交差する。

一拍の後、朔は二条院当主に一礼してから走り出した。

朔は会場の外へ。

警備に当たっていた術者に指示を出しながら妖魔《ようま》を倒しつつ歩みを進めていく。

会場の外へ飛び出したはいいものの、原因が分からない。

呪《じゅ》具の件は葛に任せているから問題ないと、どこか安心していた自分の詰めの甘さに、朔は自分自身に怒りが湧いてくる。

「ごっ、主人様ぁぁぁ！」

椿が大きく手を振って朔の下へ走ってきた。

椿はずっと華につけていた。

華のことなので、きっと自由に動き回ると踏んで、護衛のつもりでつけていたのだ。

「大変、大変だよ〜」

「なにがあった？」

「葛なの〜。あいつが元凶だったのぉ！」

「葛？」

理解できない朔は、すべてを見ていた椿から経緯を聞き、愕然《がくぜん》とする。

「まさか、あいつが黒幕？　彼岸の髑髏を全員呪殺したのも、この騒動も？」

「そうなのぉ！　早く止めないと、あいつ激ヤバ」

慌てる椿の様子から冗談ではないと悟り、余計に朔の胸に現実が突き刺さる。

だが、ショックを受けている場合ではなかった。

漆黒が相手なら、なおさら朔が動かなければ無駄な被害が出る。

「葛はどこだ？」

「そこまでは椿にも分かんないよ〜」

申し訳なさそうに嘆く椿が悪いわけではないが、思わず舌打ちしてしまう。

「だってぇ、椿は捜すのは苦手なんだもん」

それは誰より朔がよく分かっている。

「くそっ。俺も嵐みたいに探索が得意な式神を作っておけばよかった」

「ひどい！　それは椿に対する浮気発言だよ！　椿じゃ満足できないっていうの⁉」

「お前にはダーリンがいるだろうが」

「それとこれは別なの！」

憤慨する椿を面倒くさそうにあしらいながら、朔はどう動くか考える。

ふと空を見ると、あずはがヒラヒラと飛んでいくのが見えた。

「あずは……？」

見つめていた朔ははっとして、急いであずはの後を追う。

「椿、来い！」

「あ、ご主人様ぁ～」

慌てて椿も朔を追いかける。

しばらくすると、校舎近くの木の上で高みの見物をする葛を見つけた。

「葛……」

「おや、朔様」

木の上から難なく飛び降りて着地する葛は、いつも通りにしか見えない。

同じ漆黒としてそれなりに交流もあった葛は、朔にとって憧《あこが》れにも等しい人物であり、そんな彼が人を死に至らしめるような行いをしてきたとは思いたくなかった。

しかし、妖魔と戦っている生徒や術者を目にしながらも、助けるどころか笑っている葛を見てしまえば納得せざるを得なかった。

「お前だったのか」

「よく居場所が分かりましたね」

不思議そうにする葛の視界にあずはの姿が映った。

「なるほど、あらかじめ式神に監視させていたということですか。本当に彼女は予想外のことをしてくれる。疑われないよう、上手《うま》く立ち回っていたつもりなのですけどね」

クスクスと笑う葛から罪悪感はうかがえない。

「葛、投降しろ。これ以上騒ぎを大きくしたくない」

「なにをおっしゃっているんですか？」

葛はきょとんと首を傾げる。

「もう手遅れですよ。私は歩みを止めるつもりはありません」

「それほど五家が不満か？」

「ええ。もちろんあなたにもですよ。年下でありながら次期当主と褒め称《たた》えられ、当たり前のように当主の座に収まっているあなたが大嫌いでした」

妬《ねた》まれることには慣れている朔だったが、さすがに信頼していた葛からの言葉はこたえた。

「もう、戻れないのか？」

「甘いですね、あなたは。よくそれで当主と言えるものです。やはり五家など潰《つぶ》してしまうのがいいのですよ」

隙を狙って椿が攻撃を仕掛ける。

しかし、それは葛が張った結界によって難なく防がれ、それでも続けて攻撃するのだが、傷一つつけられない。

椿ですら壊せない強固な結界は、それだけで葛の力の強さを示しているようだった。

しかし、椿との戦いに集中しているように見えた葛が突然さっと移動する。

それまでいた場所には椿のものではない攻撃が当たっていた。

「あ～あ、今のなら絶対いけたと思ったのに」

乱入してきたのは雪笹だった。

「おい、朔。顔見知りだからって手加減すんじゃねぇぞ。そいつは犯罪者だ」

まるで朔を見透かすように厳しく叱咤する雪笹に、朔もようやく覚悟を固める。

「誰にものを言ってる」

ふんっと鼻を鳴らすその表情には、傲岸不遜《ごうがんふそん》な朔が戻っていた。

その顔を見て雪笹も安心したようにふっと笑う。

相手は漆黒最強の男。

正直二人でも勝てるかは分からなかった。

「生け捕りにするから殺すなよ」

「オッケー」

朔と雪笹が同時に向かっていく。

彼岸の髑髏の件や行方不明となった二条院の術者など、聞きたいことは山ほどあったので、生け捕りは絶対条件だった。

しかし、葛の方は朔達を殺すつもりで相手をしてくる。

葛の伸ばした手が雪笹を捕らえようとしたが、雪笹は嫌な予感がしてさっと避《よ》けた。

空振りした葛の手が木の幹に触れると、その場所が一気に腐食する。

顔をひきつらせる雪笹は、「ヤベー」と呟《つぶや》いた。

「葛は呪いを得意としている。気を抜くなよ」

「分かってるって」

分かってはいるが、朔よりも漆黒として長く活動していた術者だけあり、そう簡単に捕まってはくれない。

生け捕りにしようと遠慮しながら戦う朔達と、殺す気で戦っている葛とでは大きなハンデがあるようなものだった。

決定打に欠ける攻撃が続き、朔と雪笹の疲れだけが蓄積していく中……。

「どりゃあぁぁぁ！」

気合いの入った声とともに参戦してきた華が飛び蹴《げ》りを繰り出す。

「おやおや、よくあの数の妖魔《ようま》を倒してこれましたね」

葛は余裕の笑みでかわそうとしたが、何故か足が動かない。

足下を見ると、足と地面がいつの間にか結界により繋《つな》がれていた。

「っ！」

初めて葛の顔色が変わり、朔がニヤリと笑う。

そのままの勢いで華の飛び蹴りが決まり、葛はもろに体で受け止め、木に強《したた》かに背中をぶつけてから地面に倒れ動けなくなる。

木に体をぶつけた時、「うっ」と、息が詰まったような声が葛から洩《も》れたので、そうとう強く打ちつけたのだろう。

すぐに動けない葛を見逃さず、雪笹が後ろ手に葛を拘束した。

地面に伏した葛が顔を上げると、ハイタッチしている華と朔を目にし、苦笑する。

「なるほど、華様が来るのを待っていたということですか。しかし、どうして足に結界を張られたことに気がつかなかったのでしょう？」

「言ったでしょう。あずはそういうのが得意なの。知らないうちにあずはの幻惑にかかって、朔の結界が張られたことに気がつかなかっただけよ」

「そういうことですか。虫の式神と侮るなという教訓を誰もが教えられた日ですね」

華は今さらだとでも言うように葛を冷たく見下ろしてから、朔に笑みを向ける。

「タイミングはばっちりだったわね」

「俺と華の愛の力のなせる業だな」

朔が華の肩に手を置くと、華がべしりと叩《たた》き落とす。

「そんな場合じゃないでしょうが！」

「そうだぞ、朔。こっちの始末をつけるのが先だ」

雪笹に押さえつけられている葛は、不気味なほど大人しい。

柳を発見した時に起こった爆発からしばらくして、協会からも続々と救援が送られてきたため、事態は収束に向かっているようだ。

葵と嵐を妖魔討伐に向かわせたおかげでもある。

特に嵐の活躍は華の予想以上に大きかったらしい。

葛が集めた妖魔は強いものばかりで、いくら警備のために術者を配置していたと言っても苦戦していたのだ。

そんな妖魔を嵐が片っ端から倒していったのである。

さすが犬神と、術者から賞賛の嵐だったとか。

だが、やってきた協会本部の人間に引き渡そうとしたその時をまるで待っていたかのように、葛は雪笹の拘束を解いて逃れると、華に手を伸ばし後ろから捕まえる。

気を抜いていたため、なんの抵抗もできずに華は捕まってしまった。

「華！」

焦りを見せる朔。

「はーなーせー！」

華も拘束から逃れようとするが、男性の力には敵《かな》わない。

ジタバタしていると、目の前に小さな蜘蛛《くも》が現れた。

「蜘蛛？」

蜘蛛は華の手の甲にくっつき、噛《か》みついた。

「痛っ！」

痛みが走った瞬間、それ以上の不快感が華の体の中を駆け巡った。

「あ……ぐぅ、あ……」

意図していないのに手が震える。

「なにを……」

苦しげな顔で葛を振り返れば、葛は暗く淀《よど》んだ目をしていた。

「葛！　華になにをしたんだ！」

「私が得意としているものがなんだったか、朔様ならご存じでしょう？」

「呪い……」

「ええ、それも、本人自身が解くか、かけた術者が解かなければ消えない呪いです。まだ学生の華様に解呪《かいじゅ》は不可能でしょうね」

天使のような悪魔の微笑みを浮かべる葛に、朔がこれまで見たことがないほどの怒りをぶつける。

「葛ぁぁぁ!!」

しかし、葛の飄々《ひょうひょう》とした様子は変わらない。

「怖い怖い。とりあえず見逃してくだされば解呪してあげましょう。逃げきれたと思うまでは華様にご一緒していただきますけれど。まあ、その時まで華様が生きていればいいですが」

「貴様！」

「朔、落ち着け！」

今にも飛びかかっていきそうな朔を雪笹が必死に止めている。

その光景が目に入ってくるが、華は自分の中を侵食していく嫌な感覚に呼吸もしづらくなり、視界がぼやける。

「のろ、い……」

そう、確かに呪いと聞こえた。

そして、この力の感覚は覚えがあるものだ。

思い出せと華は必死に自分に訴えかける。

あれは、嵐がしばらくぶりに帰ってきた時のことだ。

呪いの媒体にされかけていた動物達を救うため、代わりに呪いを受けてしまった嵐を助けた時と同じ危険な感覚。

華は息苦しさと不快感を覚えながら呼吸を整え、集中する。

難しいことはない。

以前にも経験した。嵐の時と同じように対処すればいいのだ。

ゆっくり、ゆっくりと、華は自分の中から呪いを引き剝《は》がしていく。

進めるに従い、苦痛が華を襲って意識が遠のきそうになったが、華は手のひらに爪が食い込むほどに手を握りしめて耐える。

そして、引き剝がしたものを強制的に外に放出した。

その瞬間、新鮮な空気が一気に華の中に入ってきて思わず咳《せ》き込む。

ゴホゴホッと、咳《せき》をしながらぐったりする華を、葛がひどく驚いて注視していた。

「まさか、自力で解呪した……？」

「この……、ふざけんじゃないわよ……」

息も絶え絶えになりながらも、華の強く鋭い眼差《まなざ》しが葛を射貫《いぬ》く。

「はは……あははははっ」

なにを思っているのか、額に手を当てながら声を上げて笑う葛は、呪いを解かれたにもかかわらず至極嬉《うれ》しそうにしている。

そして、華にとろけんばかりの愛《いと》おしげな目を向けた。

「いいな、君は。欲しいな」

そう言って華の顎《あご》に指を滑らせる。

「君も術者の世界にはうんざりしているんじゃないですか？　無能に使われる不快さを知っているはずです。君となら世界すら手に入れられそうな気がします。だから、私のものになりませんか？」

「ごめんこうむるわ」

「華は俺のだ！」

弱々しく否定する華の言葉に被《かぶ》せるように朔が叫んだ。

「朔様。華をください。ちゃんと大事にしますよ」

「ちゃっかり華を呼び捨てにするな。お前に華は渡さない！」

今の朔は先ほどまでとは別の意味で葛に殺意を向けている。

「とっと放して」

怯《おび》えも迷いもない眼差しで、囚《とら》われていてもなお強気な姿勢を変えない華に、葛はどんどん興味をそそられていく。

「嫌がられるほど余計に手に入れたくなるとは思いませんか？」

「それは同意するが、華は俺の嫁だと言ってるだろ！」

「同意すんな！」

叫ぶ朔と、そんな朔にツッコむ華。

緊張感があるようでない空気に雪笹は呆《あき》れた顔をしている。

「おい、朔。そういう言い合いしてる場合じゃないだろ」

はっと我に返った朔は、一瞬で練り上げた力の塊を葛にぶつける。

しかし、そんな攻撃など葛には結界で簡単に防がれてしまうと即座に反応した華は、葛に向けてポケットから取り出したクラッカーの紐《ひも》を引っ張った。

破裂音とともに、朔が放ったものより数倍も強力な力がクラッカーから吹き出して葛を攻撃した。

「くっ！」

葛が反射的に手で顔を防ぎ、わずかに華から離れる。その瞬間を見逃さなかった朔が華を腕の中に取り戻す。

「華、大丈夫か!?」

「うん、平気。これが役に立ったみたい」

「なんだそれは」

「桔梗が、朔に襲われた時に使えってくれたのよねぇ。交流戦の特訓してる時に作ったみたい」

「お前、そんな危険なものを俺に使うつもりだったのか……」

威力を目の当たりにしてヒクヒクと頰を引きつらせる朔に、華はへらりと笑う。

「まあ、結果的には護身用に十分役立ったんだからいいじゃないの」

「それ一つだけだろうな？」

華は視線を逸《そ》らす。

「俺には絶対使うなよ」

「……たぶんね」

朔が襲ってこない限り使う予定はない。

華は葛に目を向ける。

桔梗特製の呪具の攻撃をもろに受けた葛は、再び拘束された。

今度は雪笹だけでなく、その場にいた術者数人がかりだ。さすがに逃げられまい。

そして、葛の首と手首にお札のようなものが巻きつけられていく。

「朔、あれは？」

「術者の力を無効化する呪具だ。術者がなんらかの罪を犯した場合に使用される。あれをつけられると式神も呼び出せなくなる」

「そんなのがあるんだ……」

華が知らない呪具はまだまだたくさんあるようだ。

さすがにもう逃げられないだろうと思いつつも、まだ警戒を解けずにいる中、葛が連れていかれようとしていた。

その最後。

「またお会いしましょう、華」

華への執着を宿した目をしながら、葛は笑みを浮かべ不穏な言葉を残して連行されていった。

姿が見えなくなってからようやくほっと安堵《あんど》の息を吐く華を、朔が抱きしめる。

「本当になんともないな？」

「大丈夫だって」

「こっちは尋常じゃなく心配したんだぞ。あの葛が使う呪いなんて、普通は簡単に解《かい》呪《じゅ》できない。それなのにお前は……」

いったん言葉を止めた朔はじとっとした目を向ける。

「お前、呪いを解呪したことあるだろ？」

「ななに言ってんのよ。そんなわけないじゃない。私はまだ学生なんだし」

「じゃあなんでそんなに動揺してるんだ」

「気のせいでしょ。あー、早く皆のとこ戻らないと。まだ妖魔《ようま》が残ってるかもだし、見つけたら退治しないとね」

朔の追及から逃れるため、華はわざとらしく話を切り上げて会場へと向かう。

「こら、華！」

説教は聞きませんというように耳を塞《ふさ》いだ。

＊＊＊

無事と言っていいのか分からないが、どうにか解決した今回の事件によって、とても学祭を続けるどころではない騒ぎになってしまったため、学祭は中止となった。

第一学校はせっかく念願だった交流戦の優勝を手にするはずだったが、記録には残らないと聞いて多くの生徒が落胆した。

特に望と桔梗のがっかり具合といったらひどかった。

しかし、今回の一件は死者こそ出なかったものの大きな被害を出したとあって、誰も文句が言えない。

爆発により校舎なども一部破壊されたため、学校もそのまま休校となり、華は屋敷でのんびりとすごしていた。

今回は珍しく怪我がないと喜んだが、「怪我がないのが普通です！」と、美桜にツッコまれてしまう。

確かに美桜の言う通り。

朔と結婚してから怪我をしすぎなのである。

これはもう離婚の理由になるのではないかと思うのだが、弁護士に相談でもするべきか迷う華だった。

それに、怪我はなかったが、それより厄介な呪いを身に受けたので、朔や美桜の心配度合いはいつもより大きい。

それ故に屋敷内で絶対安静を言い渡されている。

どこにも行けないのが不便だが、食っちゃ寝の生活も悪くないなと、華は自堕落な日々を過ごしていた。

そんな時に柳が葉月とともにやって来た。

華が発見した時は結構な血が出て大怪我をしていたように見えたが、思ったより傷口は小さかったらしい。

頭なので血が多く出てしまったようだ。

大事に至らなくて華もほっとした。

後ろから攻撃されたため、柳は自分を襲ったのが葛だとは思っていなかったようで、目が覚めて詳細を聞いてから驚いたと話す。

そんな葛は、今後協会の監視下に置かれるという。

彼岸の髑髏の死。行方不明の二条院の術者。

そもそも術者協会本部に侵入できたのは葛が手引きしたからではないか。

いろいろと聞き出したいことはたくさんある。

それに、術者の存在は秘匿されているので、国の法で裁くわけにも、勝手に死刑にするわけにもいかない。

術者の力を抑えるという呪具を身につけさせられたまま、一生飼い殺しだとか。

それを朔から聞いた華は少し複雑な気持ちになった。

もちろん同情とか、かわいそうだとか思ったのではない。

あれだけの騒ぎを起こした人間にそんな気持ちになれるほど、華はお人好《ひとよ》しではなかった。

ただ、葛と親しかった人達のことを思うと、やりきれなさを感じる。

葛はそんな人達を裏切ったのだ。

葛には大事に思える人はいなかったのだろうか。

そんな考え事をしてしまうのは、先日牡丹が訪れたからであろう。

華に文句を言いにやって来たわけではなく、四ツ門の縁者が大変な事件を起こしてしまったと詫《わ》びに来たのだ。

当然朔には四ツ門の当主が直々に謝罪したらしいが、それとは別に、牡丹個人が華に謝罪したいと連絡してきた。

お詫びの言葉とともに、「葛様を止めてくれてありがとう」と。

牡丹は悲しげな目をしながら華に頭を下げた。

牡丹を悪いとは思っていなかった華は謝罪を受け取った。

「あなたの一撃はとても効きましたわ」

牡丹はそう言って、華が平手打ちした頬を撫《な》でながら微笑んだ。

「あなたの言う通り、四ツ門の誇りを忘れず精進いたします」

悲しみがありつつも強い光を宿した目をして帰って行った牡丹の姿に、華は自然と笑みが浮かぶ。

次に会ったら、これまでより気安い関係になれそうな気がし、また会えるのが楽しみになった。

＊＊＊

部屋で物思いにふけっていると、浮かんでくるのは葛のこと。

終わったようでいてまだ終わっていない気がして、華はなんだか消化不良気味だった。

そんな中部屋に入ってきた朔は、華の隣に肩を寄せ合うように座る。

「……葛さんはさ、大事な人はいなかったのかな？　牡丹にもあんなに好かれていてさ、他にもきっと漆黒最強だった彼を慕っていた人は多かったんじゃないの？　それなのにあの人は他人が死にかけていてもまったく心が動いた様子はなくて、牡丹を含め他人なんて道具のようにしか考えていなかった。思い留《とど》まろうと思えるほど、彼を繋《つな》ぐ鎖となれる人は本当に一人もいなかったのかしら？」

「さあな。葛の心は葛にしか分からない」

「そうね……」

華はそっと朔に目を向ける。

「朔は大丈夫なの？　確かに信頼してたんでしょう？」

「……そうだな。確かに信頼していた。それに憧《あこが》れでもあり超えたい目標でもあった。だからこそ、正直今回の件は裏切られたという気持ちが強い。だが、同時に、俺は一ノ宮の当主だ。感情よりも当主として目を配るべきだったのにそれを怠った。今回の一件は俺の落ち度でもある」

沈んだ朔の声からは、後悔と悔しさが感じられた。

「俺は当主失格だな」

自嘲《じちょう》するように笑う朔のその表情は弱々しい。

大きな被害を出したのは自分の判断ミスだと責めているのだろう。

落ち込む朔の心に寄り添うように、華は隣に座る朔の肩に頭を傾け寄せる。

「確かに朔は一ノ宮の当主かもしれないけど、その前に一人の人間じゃないの。間違えることだってあるわ。二度同じ失敗をしないようにすればいいのよ」

「こんな俺が当主でいていいのかさすがに自信をなくしてきた」

「らしくないわよ。少なくとも、自分のことしか考えていないあの男より、ずっと朔の方が当主に相応《ふさわ》しいわ」

今思い出しても腹が立ってくる、他者を道具にしか思っていない葛の自分勝手な行動。

「朔はいつだって責任と戦っているのをちゃんと分かってるもの。その精神が国を守る結界師に必要だって、朔を見ていると思わされるの。だから私は、そんな当主でいる朔を信じてる」

「そうか」

朔がようやく小さく笑った。

しかし、またすぐに真剣な顔になる。

「それよりも華。今回は助かった。いや、今回だけじゃないな。いつも助かってる」

「今さら？」

華がクスリと笑うと朔も穏やかな表情をするが、どこか寂しげだ。

朔は華の頭を引き寄せて抱きしめる。

「これからも俺の妻でいたら、もっと危険な目に遭わせるだろう。俺がずっとそばにいてなに者からも助けてやると言えたらいいが、俺は一ノ宮の当主だ。一番に優先させなければならないのは結界師としての役目。その結果、華をより危険にさらすかもしれない」

「うん……」

そんなこと、華は承知の上。朔はそれでいいのだ。

華は、一ノ宮の当主として覚悟を持っている朔が、誰よりかっこいいと思うのだから。

「華と国とを天秤《てんびん》にかけて華を見捨てるかもしれない。けれど、それでも俺は華と一緒にいたい。だから俺のそばにいてくれ」

いつもより弱腰な朔の懇願に華は笑ってみせた。

「お馬鹿。私は守られなきゃならないお姫様じゃないわよ。私はそんなに弱くない。たとえ塔の上に囚《とら》われて助けなんて来なくても、自分で逃げ出すから問題ないわ」

「頼もしいな」

「そうよ。だから朔は私のことなんか気にせずに、当主としての役目をまっとうすることだけ考えればいいのよ」

朔の足手まといなどとは言わせない。

「こんな心の広い相手なんてそうそういないわよ。私じゃなかったら朔のお嫁さんなんて務まらないかもしれないわね」

華は冗談交じりに笑った。

すると、そのまま朔に押し倒される。

途端に顔を引きつらせる華が見たのは、不敵な笑みを浮かべる朔で……。

いったい先ほどまでの弱々しい姿はどこへ投げ捨てたのか。

「華がそんなに覚悟を持ってくれていたなんて嬉《うれ》しいな。これはもう押し倒してくださいと言っているようなものだよな」

「言ってないし！」

「照れるな照れるな。お前の気持ちはよぉく伝わった」

「絶対伝わってる気がしないぃぃ！」

朔の顔が間近に迫り、華の頬にキスをする。

顔を赤くして恥じらう華の反応を見て、今度は唇に。

そこまでならギリギリよかったのだが、朔のギラリとした獲物を狩る目に身の危険を感じた華の悲鳴が屋敷中に響いた。

そして、ドタドタと式神達が助けに入る。

「主《あるじ》になにしてやがる、離れやがれ！」

「主様、ご無事ですか！」

まだまだ解決していないことも、不安な要素も残ってはいるけれど、戻ってきたいつもの日常に華は苦笑するのだった。

本書は書き下ろしです。

この作品はフィクションであり、実在の人物・地名・団体等とは一切関係ありません。

結《けつ》界《かい》師《し》の一《いち》輪《りん》華《か》4

クレハ

令和6年 2月25日　初版発行

発行者●山下直久

発行●株式会社KADOKAWA
〒102-8177　東京都千代田区富士見2-13-3
電話　0570-002-301(ナビダイヤル)

角川文庫 24038

印刷所●株式会社暁印刷
製本所●本間製本株式会社

表紙画●和田三造

●お問い合わせ
https://www.kadokawa.co.jp/（「お問い合わせ」へお進みください）
※内容によっては、お答えできない場合があります。
※サポートは日本国内のみとさせていただきます。
※Japanese text only

ISBN 978-4-04-114614-9　C0193

◇◇◇

角川文庫発刊に際して

角川源義

第二次世界大戦の敗北は、軍事力の敗北であった以上に、私たちの若い文化力の敗退であった。私たちの文化が戦争に対して如何に無力であり、単なるあだ花に過ぎなかったかを、私たちは身を以て体験し痛感した。西洋近代文化の摂取にとって、明治以後八十年の歳月は決して短かすぎたとは言えない。にもかかわらず、近代文化の伝統を確立し、自由な批判と柔軟な良識に富む文化層として自らを形成することに私たちは失敗して来た。そしてこれは、各層への文化の普及滲透を任務とする出版人の責任でもあった。

一九四五年以来、私たちは再び振出しに戻り、第一歩から踏み出すことを余儀なくされた。これは大きな不幸ではあるが、反面、これまでの混沌・未熟・歪曲の中にあった我が国の文化に秩序と確たる基礎を齎らすためには絶好の機会でもある。角川書店は、このような祖国の文化的危機にあたり、微力をも顧みず再建の礎石たるべき抱負と決意とをもって出発したが、ここに創立以来の念願を果すべく角川文庫を発刊する。これまで刊行されたあらゆる全集叢書文庫類の長所と短所とを検討し、古今東西の不朽の典籍を、良心的編集のもとに、廉価に、そして書架にふさわしい美本として、多くのひとびとに提供しようとする。しかし私たちは徒らに百科全書的な知識のジレッタントを作ることを目的とせず、あくまで祖国の文化に秩序と再建への道を示し、この文庫を角川書店の栄ある事業として、今後永久に継続発展せしめ、学芸と教養との殿堂として大成せんことを期したい。多くの読書子の愛情ある忠言と支持とによって、この希望と抱負とを完遂せしめられんことを願う。

一九四九年五月三日